TAKE
SHOBO

元教え子のホテルCEOに スイートルームで溺愛されています。

高田ちさき

ILLUSTRATION
とうや

元教え子のホテルCEOに スイートルームで溺愛されています。

CONTENTS

イラスト／とうや

元教え子のホテルCEOにスイートルームで溺愛されています。

プロローグ

「おはようございます」

　高嶺(たかみね)美春(みはる)は社員用の通用口から守衛に声をかけながら、ドアセキュリティにＩＤカードをかざし、業務用のエレベーターへ向かう。その途中、帰宅の途につく社員とすれ違い「お疲れ様でした」と労った。

　ここは日本でも五本の指に入ると言われる外資系ホテル「カメリアホテル」だ。現在二十八歳の美春は二年前に中途採用で入社。客室係を半年、その後経理課に異動して一年半になる。

　今日もいつも通り始業時刻の四十分前に出社して、ロッカールームへ向かう。お気に入りのスプリングコートをしまって、軽く身だしなみを整えようと備え付けの鏡を見た。

　肩甲骨のあたりまであるまっすぐな黒髪を、仕事の邪魔にならないようにハーフアップにしている。大きめの瞳は愛らしさと共に凛とした輝きがあり、意志の強さも感じられる。しかし本人が気に入っているのはそこだけで、全体的に年齢よりも幼く見える自分の顔に多少コンプレックスを感じていた。

ひとしきりチェックを終えると薬用のリップを塗り、ホテルとは別棟にある五階の経理課へ向かった。

今日から四月、新年度の初日のせいかいつもよりもフロアに人が多い。それになんだか私語が多く、ざわついているような気がする。

美春は「おはようございます」と周囲に声をかけ自分の席につくと、すぐにパソコンの電源を入れた。

パスワードを入力し、グループウェアの掲示板をチェックして、初めてフロアの雰囲気がいつもと違う理由がわかった。

「買収……⁉」

思わず声をあげてしまったのも、無理はない。

そこには昨日付けでこのカメリアホテルが、海外の企業であるルーカスコーポレーションに株式を譲渡し、買収されたと書いてあった。事業はこれまで通りなんら変わらないということだが、寝耳に水の話で驚きを隠せなかった。

本来ならば数字を扱う部署である経理課に所属する美春が、買収についてまったく知らないなんてことはあり得ない。しかし現実に買収されている。上層部がどれだけ水面下で、この話をすすめていたのかが窺えた。

（ルーカス……って）

　その会社名に一瞬胸がチクリと痛んだ。それが取り越し苦労であるのを確かめるために買収先の会社を調べようと、インターネットのブラウザを立ち上げたところで同僚の小森花菜子が背後から焦った様子で話しかけてきた。

「ちょっと、美春聞いた？」

「買収のこと？」

「もちろん、そのことなんだけど……ちょっと待って喉乾いた」

　花菜子は手に持っていたタンブラーの蓋をあけて、お茶を飲んだ。ぐびぐびと勢いよく飲んでいる様子を見ると、相当喉が渇いていたに違いない。

（あいかわらず……マイペースだなぁ）

　美春と花菜子は同じ歳だ。しかし花菜子は中途採用の美春よりも三年先輩で、採用されてからずっと美春の世話をしてくれている。なんだかんだと馬の合うふたりは公私共に仲が良かった。

　お茶を飲んで落ち着いた花菜子が、話の続きを始めた。美春の目の前にあるパソコンの画面は、検索エンジンを呼び出したまま止まっている。

「それがルーカスの本社から、ＣＥＯがわざわざやってくるみたいなの。それで――」

「おーい。みんなちょっとこっちに集まってくれ」

　花菜子の話を遮るように、同じ階にある総務部の部長が、フロアに響き渡る大声で集合をかけた。

みんなデスクから立ち上がり、ぞろぞろと呼ばれた方に向かう。ふたりも途中で話をやめて、部長の指示に従った。

部長を取り囲むようにして、総務と経理課のメンバーが立ち並ぶ。話の内容におおよその見当がついているので、皆一様に真剣な表情を浮かべていた。

それもあたり前のことだろう。業務内容はそのまま説明されていたが、全く何も変更がないというわけにはいかないからだ。

しかし、美春の不安は、皆とは違っていた。

「さてみんなもう知っていると思うが、本日より我がカメリアホテルは、レイヤール王国の企業であるルーカスコーポレーションに——」

美春はその国の名前を聞いて衝撃とともに、胸に痛みを覚えた。周囲の音が遮断され、ドクドクと打つ自分の胸の音だけが聞こえてくる。

（……レイヤール王国、……ルーカス）

嫌な思い出が脳内を駆け巡り、身体中にじわりと汗がにじみでた。

「そんな……関係ないわよ」

部長が話をしている最中だというのに、思わず口から気持ちが漏れてしまう。

「美春、どうかした？」

隣にいる花菜子がそのつぶやきに反応したけれど、美春の耳にはそれさえも届いていなかった。

さまざまな光景のフラッシュバックが強烈すぎて、頭痛がしてきた。こめかみに手を当てた途端「失礼します」というよく通る声が背後から聞こえた。

皆、一斉に振り返る。美春もその声で我に返り、声の主の方を見た。

そこにはスーツを来た男性が数名立っていた。そして中のひとりに目が留まる。

その瞬間、美春は呼吸をするのも忘れて固まった。その男から一ミリたりとも目が離せない。

彼の瞳が美春を捉え、そのまま見つめ続けている。

実際はほんのわずかの時間だったに違いない。けれど美春にとってはずいぶん長い時間に感じられた。

息苦しさで、やっと自分がうまく呼吸できていないことに気がついた。総務部長が大袈裟なほどのネコナデ声で、今、部屋に入ってきた人たちを迎え入れた。

「いやいやいや、わざわざこんなところまでご足労いただいて申し訳ないです」

揉み手をしながら相手のもとに駆け寄っていく。すり寄る気満々の態度からその人物が偉い人物だと言うことは判断できた。

「こんなところ？　あなたはご自身の職場をそのように言うのですか？」

一番前に立っていた男性が冷たい声を出し、鋭い視線を総務部長に向けた。威圧に耐えきれないのか、総務部長の顔色が即座に青ざめる。

その様子を見た周りにも、一気に緊張が走った。

「そのくらいにしておけよ、キース」

緊迫したその場の雰囲気を和らげる声が、すぐに聞こえた。

「ですがアルフレッド様っ……」

「これが日本文化でいう〝謙遜〟っていうやつだろ？　いいじゃないか。こちらの文化に慣れなければいけないのは我々の方だ」

アルフレッドと呼ばれた男性の言葉と柔和な笑顔に、周囲の緊張が解けた。ただひとり美春を除いて。

「お気遣いありがとうございます。ミスター・ヘンダーソン」

丁寧に頭を下げた総務部長が、気を取りなおしたように社員に向き直る。

「こちら、新しく我が社の最高責任者となったアルフレッド・ルーカス・ヘンダーソン氏だ」

その名前を聞いて、それまで何かの間違いだと思おうとしていた美春の希望が絶望に変わる。

「……どうして」

震える唇から細い声が漏れた。だんだん指先が冷たくなっていく。

皆自分たちの新しいボスに注目していて、誰ひとり美春の様子がおかしくなっていることなど気にしていなかった。

いや、皆の注目を集めているその男、アルフレッド以外は。

美春の頭の中は真っ白で、何も考えられない状況だった。目の前にいるアルフレッドから少しも目が離せずにいた。

柔らかくウェーブした、金色の髪。美しく通った鼻筋。形の整ったハシバミ色のその瞳は見る者の視線を釘付けにするほど魅力的だった。

美春が知る昔のアルフレッドと変わりなく、抗えないほどの魅力にあふれていた。

思考が停止したまま、ただ彼を見つめる。しかし、そんな美春を、隣に立つ花菜子が現実に引き戻した。

「……る、美春……ちょっと呼ばれてるよ」

「えっ？」

我に返ると、その場にいる全員がこちらを見ていることに初めて気がついた。普段そんなに注目を集めることのない美春は、思わず息をのんだ。

そして総務部長の次の言葉には、自分の耳を疑った。

「高嶺くん。君は今日からＣＥＯのお世話を頼む。秘書としてね」

「……はいっ？」

間抜けな顔で聞き返してしまう。それくらい美春にとっては晴天の霹靂だった。

「なに言って……」

「いやー高嶺くんは、日本語教諭の資格もっているじゃない？　まだ日本語が不自由なＣＥＯたっての希望で君にサポートを頼みたいそうなんだ」

　総務部長がアルフレッドと共に美春のそばに近づいてきた。アルフレッドの目が美春を捉えると、美春は緊張で顔をこわばらせた。頭の中は彼のことでいっぱいだ。

　パニックになっている美春のことなど気が付かず、総務部長は励ますようにポンと美春の肩を叩く。

「急に新しい仕事をすることになるけど、頑張ってね」

　そう強い力ではなかったけれど、茫然と立っていた美春はその衝撃でふらついた。

　サッと伸ばされた手に支えられる。ハッとしてその人物の顔を間近で見た。そこにはこの三年間会いたくて仕方なく、それでいて二度と会いたくない……そう思っていた相手がいた。

　そして彼は、ふたりが出会ったオーストラリアのまぶしい太陽のような笑顔を、美春に向ける。

「ミス・タカミネ。これからまたよろしくお願いしますね」

　そのまぶしさに、めまいがしてきた。

　――もう二度とあんな思いはしたくないのに。

　美春がどんなに拒否したとしても、運命の歯車はすでに再び回り始めていて、止めることはできないようだった。目の前にいる男――アルフレッドの出現によって。

第一章　イケメンのお客様にナンパされています。

三年前――。オーストラリア・シドニー。

「いらっしゃいませ～May　I　help　you？」

美春が声を上げたのは、シドニーのオペラハウスが臨める一軒の日本料理の店だった。

一階はカフェ仕様になっていて、二階は本格的な日本食のレストランが入っていた。

ここオーストラリアでもブームの波はあるけれど、スローフードやマクロビオティックなどを意識した人たちから、日本食は支持されている。彼女が働いているこの店もシドニーでは人気店で、現地の人に加えシドニー在住の日本人も多く訪れていた。

美春は二十五歳になったばかりの四月から、このシドニーにワーキングホリデーを利用して滞在している。

語学学校に三ヶ月通い、その後この日本食店「都―MIYAKO」で働いていた。

「美春……あっちのお客さんオーダーお願いできる？」

そう声をかけてきたのは、語学学校で一緒になった安岡由美子（やすおかゆみこ）だ。

由美子とはお互いの条件が一致してルームメイトとしてアパートをシェアし、こうやって同じ店で働いていた。

「うん、わかった」

振り向いた先にいる客を見て、美春の顔が曇る。チラッと由美子を見るとペロッと舌を出して、肩をすくめていた。

(もう……またあの人か)

ため息をつきそうになって慌てて飲み込み、客の元へ向かう。

「ご注文を伺います」

にっこりと営業スマイルを浮かべた美春に、相手は同じように笑顔で答えた。

「ん～いつもの……と、言いたいけど、今日こそ君が食べたいなぁ」

(はぁ……また始まった)

離れた場所でふたりの掛け合いを見て、由美子がクスクスと笑っていた。

ここ最近この客が来た時に行われる、恒例のやり取りを面白がっているのだ。

「あいにく、メニューに私は掲載されていません」

「え？　あ、もちろんテイクアウトね！」

「テイクアウトもできませんっ！」

間髪入れない美春のつっこみに、目の前の男は断られたのになぜだかうれしそうだ。

「あ～あ、いつになったらデートしてくれるんだ？」

今度は、ちょっと拗ねたような表情になり美春の顔を覗き込むようにしてきた。

（ここはちゃんと断らないと……）

「あの、お客さま……」

男は美春の言葉に、不機嫌そうな顔になる。

「アルフレッド」

「えっ？」

「アルフレッド・ルーカス・ヘンダーソン。俺の名前ね。ミハルは特別に〝アル〟って呼んでいいよ」

なぜか突然自己紹介を始めた男に戸惑う。

「アル？」

（っていうか今、ミハルって呼んだ？）

「そうアル。これで俺たち客と店員の関係から一歩進んだ。今日はこれで満足ということにして……ウドンとチャワンムシくれる？」

「あ、はい。かしこまりました」

「よろしく、ミハル」

やっとオーダーを取り終えた美春は、カウンターへ戻って行く。

アルフレッドと話をするとき、いつも美春は煙に巻かれたように相手のペースにはまってしまう。

今日は結局、お互いを名前で呼び合うことになってしまった。

カウンターに戻りオーダーを伝え、ふと振り返ると、アルフレッドは美春の方を見て軽く手を振っていた。

無視するのも気が引ける……そう思っていると、隣にいる由美子が代わりに手を振っていた。そして前を向いたまま小声で美春に話しかけてくる。

「ねぇ彼、素敵じゃない？　一度くらいデートしてあげればいいのに」

たしかにアルフレッドは魅力的だ。彼の周りだけオーラが違う気がする。美春もそれは否定しない。

けれど……。

「まだ、失恋を引きずっているの？」

由美子の言葉に小さくうなずいた。

「でも、不倫してたって言ったって、美春は相手が結婚してるってこと、知らなかったんでしょ？　だったら仕方ないじゃない」

「そうかもしれないね……」

美春の気のない返事に、由美子がヒートアップした。

「〝そうかもしれない〟じゃなくて〝そうなの〟！　だいたい日本語教諭っていう安定した仕事を捨てて、オーストラリアに来るほどのことじゃないと思うよ」

日本で美春は外国人に日本語を教えていた。その教室で使う複合機のメンテナンスを行う出入り業者である男性と恋に落ちたのだが、相手は既婚者だった。

　初めてすべてを許した相手に裏切られた美春は、人生をリセットするために前から憧れていたワーキングホリデーで新しい環境に身を置くことにしたのだ。

「失恋だけが原因じゃないの。今のうちにいろいろとやっておきたかったの」

「そう……まぁ、私は美春がいてくれて助かってる。やっぱり英語ができる人が傍にいると心強いもん」

　本来なら英語が話せる美春は、語学学校に通う必要はなかった。けれど学校に行けば現地の生活に慣れ、知り合いもできるだろうと思い授業を受けることにした。

　結果的に由美子という、ルームメイトにも恵まれたのだから、その選択は間違いではなかった。

「でも由美子には、サミュエルがいるじゃない。私がいなくたって、平気でしょう？」

「えへへ……」

　つい最近由美子にはオーストラリア人の彼氏ができた。語学学校の職員である彼は、フレンドリーで親しみやすい。留学生たちの間では、何か問題があるといつも相談に乗ってくれる頼もしい存在だった。ホームシックにかかった由美子を優しくフォローしたことから、ふたりは急接近。つき合いたての今は、見ている方が恥ずかしくなるほどラブラブだ。

　由美子のデレデレした顔を見て頬を緩ませると、フロアに視線を戻した。

　するとそこには、慣れない様子で箸を持ちうどんをうまくすすれず、「はぐはぐ」と不器用に口に運んでいるアルフレッドの姿があった。

どこにいても人目を引くほどの美形のアルフレッドの、可愛らしい一面を見てほっこりした美春は、自然と笑顔を浮かべていた。

その瞬間、うどんをすったままのアルフレッドがチラリと美春を見て、バッチリと目が合う。数秒見つめ合った後、急に恥ずかしくなった美春は視線を逸らせたのだった。

「ミハル」

「ひゃぁ！」

いきなり耳元で声がして、驚きで声を上げた。振り向くとそこにはこの店のオーナーが立っていた。

「奥の片付け手伝ってもらえるかい？」

「あ……はい」

力なく返事をした美春は、自分の腰に回されたオーナーの手を、気づかれないようにするりとかわす。けれどそれを追うようにして、今度は背中に手を添えられた。

オーナーはここ最近美春に限らず従業員にこういった、セクハラまがいのことをするのが目立ってきている。

美春は我慢できずに嫌悪感で顔をしかめた。するとまるで助け舟のように「お水ください」の声がかかる。

「はい。すぐにお持ちします！」

（ナイスタイミング！）

振り向くと、アルフレッドがコップを掲げて美春を呼んでいた。オーナーの手をすり抜けてピッチャーを持ちアルフレッドの元へ向かう。しかし彼のコップの中にはまだ水がなみなみと残っていた。

「あの……まだお水――」

「あぁ……」

そう言ったアルフレッドは、ぐいっと一気に水を飲みほしグラスを差し出した。

（もしかして……助けてくれたの？）

そう思うと水を入れながら、自然とお礼の言葉が口をついて出ていた。

「ありがとうございます」

「ん？　お礼を言うのは俺だろう？　水、ありがとう」

とぼけたふりをされても、美春にはアルフレッドの優しい気遣いが十分に伝わった。

「ごゆっくり」

そう声をかけて持ち場に戻るころには、オーナーからのセクハラで生まれた嫌な感情が綺麗に流されていた。

その日から、ふたりの距離が少しずつ縮まった。それは店員と客という立場から知り合いに昇格した程度のことだったが、美春はアルフレッドが店に来ると誰に言われるまでもなく、彼のテーブルへ向かった。

相変わらずの軽い誘いを、華麗にスルーする。これがいつものふたりの会話だった。美春はアルフレッドとのこのやり取りを楽しむようになっていた。

そんなある日、店で事件が起きた。それは閉店間もない時間で、美春はフロアの片付けをしていた。

「やめてくださいっ！」

美春がテーブルを拭いていたとき、カウンターの奥から発せられた由美子の大声が店内に響く。その声に驚いて、美春は急いで由美子のもとに駆けつけた。

奥のキッチンに飛び込むと、由美子が美春の元にぶつかるようにして駆け寄ってきた。

「いったい、どうしたの？」

美春は由美子の肩に手を置いて、顔を覗き込んだ。いつも明るい由美子が真っ青になっているのを見て、ただことではないとっさに悟った。

「急に大声を上げては、困るな」

そこに立っていたのは、この店のオーナーだった。ニヤニヤと薄気味悪い笑みを浮かべて、こちらに近づいてくる。

正義感の強い美春は、由美子を自分の背後にかばう。

「なにがあったんですか？」

相手を睨み毅然とした態度で問いただした。

「どうしたんだ、ミハル、そんな怖い顔をして。なにもしてないさ。ただちょっと仲良く悪びれもせず肩をすくめるオーナーの姿に、美春の背中にかばわれていた由美子が我慢できなくなったのか、声を上げた。

「仲良くなるために、人のお尻を触るんですかっ？」

「あのくらい、ただのスキンシップだろう？　それにそろそろホームシックになってるんじゃないかと思って、なぐさめようとしただけなのに。人の好意をそんなふうに邪険にするもんじゃないよ」

オーナーはあくまで自分は悪くないと言い張る。そして一歩ずつ美春たちに近づいてきた。いくらこちらがふたりでも、ここには美春たち以外誰もいない。一歩ずつ後ろにさがりながら、美春は言い返した。

「人の嫌がることをしていて何が〝好意〟ですかっ！　それは立派なセクハラです」

「そんなこと言って……もしかして、ミハルも寂しいんじゃないのか？　だったら素直にそう言えば、ちゃんと相手してあげるのに」

必死に虚勢を張っていても、まったく取り合わないどころか、その様子を面白がっているオーナーに恐怖を感じる。

「行こう」

これ以上ここにいるのはまずいと思い、美春は由美子の手を引いて走り出した。店のカウンターの下に置いてあった、ふたりのバッグを掴むと出口に向かって急ぐ。

外に行けばまだ人通りがある。追いかけて来たとしても、ひどいことはされないだろう。

ふたりはドアを開けて、勢いよく外に飛び出した。しかしその瞬間何かにぶつかった。

「きゃあ！」

オーナーから逃げていたところだったため、異常なほど大きな声が出て自分でも驚いてしまう。心臓はバクバクと音を立てている。すぐさま相手の顔を見ると、そこには一時間前に帰ったはずのアルフレッドが立っていた。

「あれ、仕事はもう終わり？」

「いえ……あの……オーナーが」

それまで逃げることに必死だった美春の頬に、不意に涙が一粒こぼれた。アルフレッドは驚いた顔をしたが、美春も自分の涙に同じく驚き、慌てて涙をぬぐう。

背後でガタンと音がした瞬間、ハッとして逃げ出そうとする美春の腕をアルフレッドが掴んだ。そして店の前の道路に止まってある一台の車に乗るように、視線で促した。

「よくわからないけど、君をこのまま帰せない。とりあえず、俺の車に乗って」

「でも……」

しかし扉の向こうに、オーナーの顔を見た由美子がさっさとアルフレッドの車に乗り込んだ。それに続き押し込まれるようにして、美春も彼の車の助手席に座らされた。

車の中でふたりはなにも話をせずに、ただ外の様子を窺う。

バタンと閉じた扉の向こうでは、アルフレッドとオーナーがなにかやり取りをしているようだったが、アルフレッドの広い背中に隠れてよくわからない。

一度店に戻ったオーナーが、何かを持ってきてアルフレッドに渡した。その瞬間こちらを見たオーナーの顔に口惜しさがにじみ出ていた。

美春と由美子に向けていたさっきまでの、余裕のある醜悪な笑みとはあまりにも違っていたので、何があったのか気になる。

こちらに戻り、運転席に乗ったアルフレッドが、美春と由美子の方を見た。

「ちょっと、言いにくいんだけど、君たちクビだってさ」

アルフレッドは『言いにくい』と言ったが、彼の表情には残念さの欠片もなかった。

「あんな店、二度と行くもんですかっ！」

思わず日本語になった由美子の言葉が理解できなかったのか、視線で美春に助けを求めてきた。

「私も、彼女もあの店では二度と働きたくありません」

美春は英語でアルフレッドにふたりの気持ちを伝えた。

ここ最近のオーナーの態度は目に余るものがあった。あんなふうにセクハラまがいのことをされてまで働き続けることは不可能だ。

「よかった。勝手に交渉したから心配だったんだ。とにかく今日は送っていく。住所教えて」

答える前に、車はすでに動き出していた。戸惑う美春をよそに由美子がアパートの住所を告げると、車はUターンして目的地に向う。

車がスムーズに走り出したころ、一番に口を開いたのは美春だった。

「あの……今日は本当にありがとうございました。もしアルが来てくれなかったらと思うと……」

いったいどうなっていたのか想像するだけで、身震いがした。たしかにオーナーの態度には美春も由美子も日々悩まされていた。けれど今日の態度はいつもとは違った。

「たまたま、忘れ物をしてね。ヒーローさながら登場した俺に惚れ直した？」

冗談めかしてウィンクをするアルフレッドを見て、緊張でこわばっていた美春の顔が少しほころんだ。

「惚れ直すって……もう」

いつもと変わらないアルフレッドの態度が、美春を落ち着かせた。

「あれ？　違った⁇　ちょっとショック」

わざと大げさに落ち込むアルフレッドを見て、美春も由美子もクスクスと笑った。

そうこうしているうちに、車がスピードを落として美春たちの住むアパートに到着した。

車を停めるとアルフレッドはまずは後部座席の扉を開けて、由美子を下ろしそして美春を下ろした。

「あの、今日は本当にありがとうございました！」

由美子の声にあわせて美春も頭を下げる。

「大事にいたらなくてよかったよ。それより君たち仕事がなくなっちゃったけど大丈夫？」

「それは……」

実はあまり大丈夫ではない。けれど、その理由については今ここで話をするようなことではない。

「とにかく、助けていただいた上に送っていただいて、ありがとうございました」

お礼を告げる美春の隣で、由美子がアルフレッドにメモを差し出す。

「近いうちにお礼をさせていただきたいです。その番号に電話してください、絶対ですよ」

由美子の必死な様子に、アルフレッドは笑いながら「わかったよ」と答えた。

「じゃあ、中に入って」

アルフレッドは、美春と由美子がアパートの中に入るのを見送ってくれた。扉を開いて中に入る瞬間由美子が振り返り「連絡してくださいねっ」と大声でアルフレッドに念を押すと、彼は軽く手を上げて応えた。

自分たちの二階の部屋に入り、窓から下を眺めるとアルフレッドの車がゆっくりと来た道を戻っていくところだった。

「はぁ……疲れた」

ふたりがけの小さなソファに、由美子がドサッと座ると乱暴にスニーカーを脱ぎ捨てた。

かくいう美春も自宅に戻ってきたことで、緊張が解けた。その途端に喉の乾きを覚える。冷蔵庫に向かいミネラルウォーターのペットボトルを取り出すと、グラスにそそぎ一気に飲み干した。

「私にもちょうだい」

由美子がソファに座ったままで声を上げた。美春は新しいコップに水を注ぐと由美子の元に運び、隣に座りながら手渡す。

「ありがとう」

「うん。はぁ……なんかもう、大変だったね」

美春の言葉に、由美子は水を飲みながらウンウンと首を縦に振っている。飲み終えたコップをローテーブルに置くと、由美子はあらためて怒りをあらわにした。

「オーナーのこと前々から嫌いだったけど、あそこまでクズだとは思わなかった」

「たしかに、採用されたときはすごくいい人だと思ってたのに」

ワーキングホリデーに来たからと言って、すぐに仕事が見つかるわけではない。美春や由美子のような立場の人間ができる仕事は限られている。語学センターからの紹介は、大勢の生徒が応募する狭き門だ。

美春と由美子は自分たちでやっとの思いで見つけた仕事先を失ってしまった。

「辞めたことは後悔していないけど……でもこれから先どうしよう」

「そうだね……」

由美子の言葉に美春は同意して、深いため息をついた。

シドニーはオーストラリアでも物価が高い地域だ。ふたりで借りているこのアパートだって、家賃は決して安くない。

オーストラリアに来ることで、ほとんどの貯金を使ってしまった美春にとって、仕事をクビになって収入源を失ったことは、死活問題だった。

しかし嘆いていても仕方がない。

「明日から、また一緒に仕事探そうよ」

美春の言葉に由美子がうなずいた。

「そうだね。明日語学スクールに行ってみる。疲れたから今日はもう寝るね」

ソファから立ち上がった由美子に「おやすみ」と声をかけた。

美春はひとり残されたソファで、ゆっくりと目を閉じた。瞼の裏にふとアルフレッドのことが思い浮ぶ。

オーナーから逃げているとき、偶然とはいえアルフレッドが目の前に現れて心底ほっとした。もしかしたら彼なら助けてくれると、心のどこかで思っていたのだろう。そしてその通り、彼は美春と由美子をその場から救い出してくれた。

（お礼、ちゃんとしなきゃ。由美子の電話に連絡があるといいんだけど）

そのとき、どうして自分の電話番号を教えなかったのだろうかと少し後悔がよぎった。

（もし、彼がこのまま連絡してこなかったら……？　お店もクビになってしまったし、もう二度と会えないの？）

そう思うと、美春の胸がチクリと痛んだ。

それから十日後――。

美春の携帯に知らない電話番号からの着信があった。応答せずにしばらく放っておくと、留守番電話にメッセージが残されていたので、確認する。

「ん……？　アルフレッド？」

どうして彼がこの番号を知っているのか不思議に思いもう一度メッセージを聞こうと、電話を操作しているとまたもや着信があった。さっきと同じ番号だ。美春は電話の相手がアルフレッドだとわかったので、すぐに応答ボタンを押した。

「もしもし……」

『あれ、ミハル？　ユミコに教えてもらってかけたんだけど、君の番号だったんだね』

由美子があのときアルフレッドに渡したメモには、どうやら美春の番号が記載されていたらしい。

「由美子が私の電話番号をお教えしたみたいですね」

『そうみたいだな。俺としてはやっと君の電話番号を知ることができてうれしいけど』

相変わらずのアルフレッドの様子に、電話口で美春は口元を緩ませた。

「でも、よく電話の相手が私だってわかりましたね」

普段会っていても電話だと相手の声が変わってわかりにくいものだ。

『俺が君の声を聞き間違えるわけないだろ？』

（もう……またそんなこと言って）

まるで当たり前のように言われて恥ずかしくなる。部屋には誰もいないのに、思わず火照った顔を覆った。

『ミハル？』

アルフレッドの呼びかけで我に返る。

「あ、ごめんなさい。あの……わかってます。お礼の件ですよね？」

そのために、由美子は彼に電話番号を渡したのだから。

『違う、違う。実は後部座席にハンカチが落ちていて、あの車にはあんまり人を乗せないから、きっと君たちふたりのうちどちらかだと思うんだけど』

美春自身はハンカチを失くしていない。となると、持ち主は由美子の可能性が高い。

「ちょっと、待っててもらってもいいですか？　確認してきます」

自室にいる由美子の元に、電話を持ったまま移動した。ノックをするとすぐに返事があったので、中に入る。

「由美子、アルフレッドからなんだけど、あの車に乗せてもらった日、ハンカチ失くしてないかって？」

「アルフレッド……？　かかってきたの⁉」

ものすごくうれしそうな様子になった由美子が、美春の持っていた電話を奪い取った。

「もしもし、はい……そうなんです。困っていたんですよ」

話の内容から、やはりあのハンカチは由美子のものだったようだ。美春はそれからしばらくふたりの会話を隣で聞いていた。

「はい、では後ほど」

通話を終えた由美子が美春に電話を差しだした。そしていきなり宣言する。

「美春、今から出かけるから準備して」

「は？　今から？　どこに？」

立て続けに質問する美春の背中を、由美子が押して部屋の外に出す。

「なに言ってるの、彼にお礼するに決まってるでしょ？　とりあえず食事に一緒にいくことにしたから、とにかく着替えてきて。その格好で行くっていうなら別に止めないけど」

美春は由美子に言われて自分の服装を見た。上下とも何年も前から着ているパジャマ兼部屋着だ。さすがにこの姿で出歩くわけにはいかない。

「わかった、着替えてくる」

部屋に戻った美春は、クローゼットを開けるといくつか洋服を見繕った。

結局いろいろ考えて、カジュアルな小花柄のコットン素材のワンピースに白いカーディガンを選んだ。これなら超高級店にでも行かない限り浮いてしまうこともないだろう。

そもそも仕事をクビになったばかりのふたりに、そんな高いものをご馳走できないことくらい、アルフレッドも理解しているに違いない——そう思い、鏡の前で軽く前髪を整えると、さっきからリビングで「早くして！」と声をあげている由美子の元に急いだ。

ふたりでマンションを出ると、すぐ目の前にあるバス停でバスが来るのを待つ。

「美春、そんなワンピース持ってたっけ？　かわいいね」

「あ、うん。こっちに来て初めて着るかも」

思い返してみれば、四月にこちらに来てからは季節が冬だったのでパンツスタイルが多かったかもしれない。それに語学学校とウェイトレスの仕事で忙しく、ワンピースを身につけるような場所に出かけること自体なかった。

「やっぱアルフレッドに会うから、オシャレしたの？」

「違うよ、ちょっと久しぶりに着てみようと思っただけ」

（本当は……ほんのちょっと、そういう気持ちもあるけどね）

美春の言葉に由美子が「ふ～ん」と疑いの眼差しを向けたとき、遠くにバスが見えて、ふたりは手を振ってバスを止める。

由美子に気持ちを言い当てられてしまって、なんとなく恥ずかしかった美春は、これで気まずい話題から解放されると思い、率先してバスに乗り込んだ。

ふたり並んで座ると、それを待っていたかのようにバスは急発進をした。こちらのバスの運転はかなり荒いのでなるべく席に座るようにしている。

バスから眺める風景にもだいぶ慣れた。こちらに来た最初のころは、見る風景すべてが物珍しく、外の様子をじっと見ていて、うっかり降りるのを忘れたことがあったくらいだ。

そんなことを思い返していると、隣に座る由美子がはぁと溜息をつく。

「どうかしたの？」

「うん……今日面接受けたところも、駄目だった」

「そっか……」

励ましたいのはやまやまだが、美春自身の職探しも上手くいっていない。

この十日ほど、ふたりとも語学学校やワーキングホリデーのエージェントを頼りに、いろいろと仕事を探した。しかし既に募集が終了していたり、面接までこぎつけても倍率が高くそこから先に進むことができなかった。

ツアーコンダクターのアルバイトなどはあったけれど、それも登録制で実際にどれくらい仕事がもらえるのかは不明だ。

「まだ十日しか経ってないだから、仕方ないよ」

自分にも言い聞かせるようにして言った。しかし先行きが明るくないこともわかっている。家賃の支払日はすぐ間近に迫っていた。

今月分はなんとか支払えたとしても、この調子だと来月、再来月と頭を抱えることになりそうだ。

そして由美子も、同じことを考えていたようだ。

「あのね……言いにくいんだけど、私、サミュエルと一緒に暮らそうと思ってるの」

「えっ！　……そう」

驚きはしたけれど、美春は冷静に由美子の話を聞いた。

「美春には、悪いと思ってる。だけど……彼がこの機会に一緒に住もうって」

たしかに、ここのところ由美子はサミュエルのアパートメントに入りびたりだった。それならば今の由美子の状況からして、同棲をするのは自然の流れだろう。

「少し寂しくなるけど、由美子がそう決めたなら、いいと思う」

「ありがとう美春！　新しいルームメイトか部屋が見つかるまでは、家賃は今まで通り折半するから」

「そうしてくれると助かるわ。明日から早速探してみるね」

美春の言葉に、由美子はほっとした様子だった。由美子としても話しづらかったに違いない。

「本当にごめんね」

由美子の言葉に、美春は笑顔を見せた。正直、職に加えて住まいまでも探さなければいけなくなって、ため息がもれそうだった。けれど、友人がこれから彼氏と楽しく暮らすのに水をさしたくない。恋とはタイミングが大事なのだから。

「気にしないで。とりあえず今日は、せっかく食事に行くんだし、楽しもう」

美春の言葉に、ようやく由美子は笑顔になった。

「うん。そうだね。さて、今日は食べるぞー！」

アルフレッドにお礼をするための食事なのに、まるで自分がご馳走されるみたいにはしゃいだ様子の由美子を見て、美春は気持ちをスパッと切り替えることにした。

考えてみれば、店以外でアルフレッドに会うのは初めてのことだ。そう思うとさっきまでの先行きを不安に思う気持ちよりも、彼とこれから会うことがうれしくて心臓がドキドキと音を立てはじめた。

ほどなくして、待ち合わせの店近くのバス停でふたりは下車する。

店内に入ると、すでにアルフレッドは到着していたので慌てて彼の待つ席に向かった。

「おまたせしました」

「いや、俺が早く来すぎただけ」

そう言うと、彼は座っていた丸いテーブルから立ち上がり、隣の椅子を引いてくれた。その隣に由美子が座る。美春は、アルフレッドと由美子に挟まれて座ることになった。

サッと椅子をひいてくれる彼の、紳士的なふるまいに慣れていない美春は、一瞬戸惑うが、やはり男性に大切にされていると思うとうれしい。

椅子に座ると、渡されたメニューをみんなで眺めた。

大きな窓の外にハーバーブリッジの絶景が広がるこの店は、カジュアルながらも美味しい料理を食べさせてくれることで、有名だった。

その中でもジューシーなフィッシュアンドチップスは最高で、美春はサワークリームをたっぷりつけて食べるのがお気に入りだ。

自分のオーダーが決まったところで、真剣にメニューを見ているアルフレッドに尋ねた。

「オーダー決まりましたか？」

「いや、迷ってる」

眉間に皺をよせてまで真剣に悩むアルフレッド。それを見た美春はなんだかおかしくなってしまう。

（こんな些細なことで、真剣に悩まなくてもいいのに）

そんな会話をする美春たちの隣で、由美子の携帯がメールの着信を告げた。

「あ、サミュエル……え？」

「どうかしたの？」

さっきまで楽しそうにしていた由美子の顔色が曇ったのを見て、あまりいい話ではないことが分かった。

「サミュエル、具合が悪いらしいの……あの、それで」

言いづらそうに由美子はアルフレッドの表情を窺う。その様子から言いたいことを察した彼が、にっこりと笑顔になる。

「俺のことなら、気にしないで。あ、ハンカチ返さないと」

アルフレッドがハンカチを差し出すと、由美子がそれを受け取った。

「私たちの方から呼び出したのに、本当にすみません。美春を置いていくので彼女からたっぷりお礼をしてもらってください」

「ちょ、由美子」

急にアルフレッドとふたりになることになり、焦った美春は由美子の腕に手をかけた。

「ほんとゴメンね。後はふたりで楽しんで」

「もちろんそうさせてもらう。ミハルにしっかりお礼してもらうつもりだから、気にしなくていい」

由美子はアルフレッドに詫びると、すぐに席を立って出口に向かった。あっと言う間の出来事で、美春は去っていく由美子の背中を、呆気にとられて見つめるだけだった。

（あぁ、行っちゃった。どうしよう……急にふたりっきりだなんて）

ちらりと隣に座るアルフレッドの様子を窺うと、ばっちりと目が合ってしまう。きれいなハシバミ色の瞳に見つめられて心拍数が一気にあがった。

堪えきれずに視線を逸らしそうになるが、失礼に思われるかもしれない。美春も彼の瞳を見つめ返し話し始めた。

「あの、なんだかすみません。こんなことになっちゃって」

美春のせいではないのだが、一応謝る。

「どうして？　俺はミハルとふたりっきりで食事ができて、ラッキーだと思ってるけど。そのサミュエルとやらに感謝したいくらいだ」

甘い笑顔で、美春はまるで自分が誘惑されているような気分になる。アルフレッドにはその気がないのかもしれないが、そんな顔で見つめられてうれしくない女性がいるだろうか？　少なくとも美春は、アルフレッドの魅力に抗えそうになかった。

「話の途中だったね。それでミハルは何にするの？」

「あ、えーっと。ここはフィッシュアンドチップスが美味しいので有名なんです。だから
それと……」

テーブルの上に置いたメニューを指でたどると、それをアルフレッドが目で追う。

「それと、このサラダとあとは——シーフードプラッターなんかどうですか？」

「いいね！　このメニューだとやっぱり最初はビールだな」

「賛成です」

うれしそうに笑うアルフレッドを見て、美春も顔をほころばせた。

メニューが決まると、アルフレッドは慣れた様子で店員を呼び注文した。

最初にビールが運ばれてきて、乾杯をしている間にすぐにフィッシュアンドチップスが
運ばれてきた。

「ここはうまいだけじゃなく、早いんだな。日本の〝ギュードンヤ〟と同じだな」

彼の妙なたとえに、思わず噴き出してしまった。

「変に日本の文化に詳しいんですね」

「いろいろと勉強しているからね。さあ、それよりも早く食べよう」

お互い手で白身魚のフライを手にとると、がぶりと大きな口で嚙みついた。一応バス
ケットにナイフとフォークが用意されていたが、アルフレッドが手づかみしたため、美春
もそれにならった。たとえ行儀が悪いと言われても、こうやって食べるのが美味しいのだ。

「んー。やっぱりここのが世界で一番おいしいと思う」

あまりのおいしさに、食事の相手が初めてふたりっきりで会うアルフレッドであることも忘れて、本来の素直な美春が顔を出した。

「本当に、うまい。次はミハルのおすすめの食べ方をしてみよう」

そう言ったアルフレッドは、たっぷりとサワークリームをつけると、さっきよりも大きな口をあけてほおばった。

いつもアルフレッドは何ごともスマートにこなすのに、今日の彼はなんだか少年のようだ。そんなところも彼の魅力の一部だと知る。美春の中でアルフレッドに対する好感度がどんどん上がっていった。

彼のそんな飾らない様子から、最初に感じていた少しの緊張もどこかにいってしまった。お互いのことを話しながら、食事は楽しく進んでいった。

「アル、こっちもおいしいから——」

話の途中でアルフレッドを見ると、うれしそうにニコニコと美春を見ていた。

「どうかしましたか？」

「ん？　ミハルに〝アル〟って呼ばれるの、うれしいなと思って」

笑みを浮かべるアルフレッドを見て、恥ずかしくなった。

（ただ、名前を呼んだだけなのに。そんなにうれしいの？）

こんなに些細なことで喜んでもらえるとは思わなかった。

「これまでは、お店のお客さんだったから……なかなか呼びづらくて」

「そういうところ、日本人らしいね」

たしかにこの国ならば、顔見知りになった店員とフレンドリーに話すことも少なくない。美春と同じ日本人である由美子もこの風習にならい、客との距離は近いほうだった。

「日本人っていうより、元々の性格なんだと思います。真面目というか、面白味に欠けるというか」

昔からそうだった。決まりごとなどルールを守っている方が安心できるタイプだった。真面目だといえば聞こえがいいが融通がきかない性格で、不倫をした自分を毎日攻め続けて精神的にまいっていた。そんな生活に区切りをつけようと、思い切ってここオーストラリアにやってきたのに、やっぱり人の性格は環境が変わったからといって、そんなにすぐに変わるものではない。

「面白味に欠ける？　君が？　それは同意しかねるな」

アルフレッドの反応に、美春は驚いた。

「え……そんな」

「君は本当に興味深いよ。大人しいかと思ってたら、話をしてみると意外にユーモアにあふれていて、それでいてか弱いかと思っていたら、友達をセクハラ野郎の手から守るために、敢然と立ち向かうし」

アルフレッドが助けてくれたあの夜の話だ。

「とにかく、君は俺にとっては、とても魅力的な女性だ。見かけたら声をかけるのを我慢できなくなるくらいにはね」

「あの……えーっと」

日頃こんなふうにストレートに褒められた経験などなかった美春は、顔を赤くしてしどろもどろになる。しかしアルフレッドにはその態度さえも新鮮に映っているようだ。

「それはどうも……ありがとうございます」

恥ずかしすぎて、こう答えるので精一杯だった。

それからふたりは時が経つのも忘れて、話し込んだ。

美春は由美子との語学学校での出会いや、日本で外国人に日本語を教えていたことなどを話す。

それを聞いたアルフレッドは、美春が通っていた語学学校の母体である大学に留学していて、生まれはレイヤール王国というオーストラリアから二時間ほど飛行機に乗ったところにある、小さな島国だと説明した。

そして幼い頃にもらった忍者の絵本がきっかけになり、日本に興味を持ったことなどを話して聞かせた。

「だから、日本食が好きでよくお店にも来ていたんですね」

「あぁ。だけどもうあの店には行かない」

自分たちのいざこざに、アルフレッドを巻き込んでしまったことを美春は後悔した。

「ごめんなさい。私たちのせいで……」

暗い顔を見せた美春に、アルフレッドは明るい声を出す。

「そうじゃないよ。ミハルがいないのに、行く意味ないからね」

いたずらっ子のように肩をすくめる姿を見て、思わず顔をほころばせた。アルフレッドは瞬時に人の気持を明るくするすべを持っている。彼と一緒にいると自然と心が温かくなるのを美春は感じていた。

「もしまた日本食のお店で働くことになったら、是非来てください」

「そのことだけど……新しい仕事は見つかりそう？」

アルフレッドの瞳に心配の色が浮かぶ。

「……それがなかなか。単発のガイドの仕事で凌いでいくしかないかなぁと」

――あるいは、日本に帰国するか。

しかし、せっかく日本から逃げてここオーストラリアまできたのに、また逃げ帰るのではなんのためにこの地に来たのかわからない。

出来る限りのことをして、このワーキングホリデーで何かを得たかった。

悔しさに唇を噛む美春を前にして、アルフレッドは黙ったままだった。そしてつかの間思案した後、名案でも思いついたのか明るい笑顔を見せた。

「ミハルは、日本語を教える仕事をしていたんだよね？」

「そうですけど……」

「じゃあ、家庭教師しないか？　もちろん仕事として」

テーブルの上においてあった美春の手をとり、まっすぐに見つめてきた。まるでこの申し出が最高の案でもあるかのように自信満々の目で。

「でも……そんな、急に」

「俺の知り合いのちょっとやんちゃな男の子に、日本語を教えてやってほしいんだ。実は前々からいい先生がいないか探していたんだ」

願ってもない申し出だが、いきなりのことで戸惑う。

「ありがたい申し出ですけど、急にそんなこと言われても私で務まるかどうか。それに今は仕事よりも先に住むところをどうにかしなきゃ……」

ここに来るバスの中で新たに発生した問題を、ポロッと口にしてしまう。

「住む所？」

こんなことまで話すつもりはなかったのに、うっかり口にしてしまってすぐに後悔した。けれど、ここまできたら悩みを全て聞いてもらうのも、いいかもしれないと思った。

「実は……由美子がサミュエルと一緒に暮らすことになったんです。だから私は新しい部屋か新しいルームメイトを探す必要があって――」

「それなら、なおさら都合がいい！」

急に歓喜の声を上げたアルフレッドに驚いた。まばたきをする美春を前に、アルフレッドは嬉々として説明し始めた。

「ミハルはうちにくればいいよ。実は俺、親類が持っている一軒家をシェアしているんだ。そしてその家のゲストルームは今、空室。シャワーもトイレもついているから、住むにはもってこいだよ」

確かにすごくいい条件だと思う。けれど、仕事も住まいもアルフレッドに頼ってしまっていいのだろうか？

彼がいい人だということは分かる。しかし、人というのは見かけによらないものだ。美春は自分がお人好しで人を信じやすいということを自覚していた。

けれど、家庭教師の話もシェアハウスの話も美春にとっては願ってもない申し出だ。どうするべきか……真剣に迷っているとそこに第三者の声が割って入った。

「アルフレッド……まさかこんなところで会うなんて、あれ？　連れの女の子は……ミハル？」

ハッとして顔をあげると、そこには語学学校で大変世話になった教師が驚いた顔で立っていた。

「教授！　お久しぶりです」

「講義が終了して以来だから、本当に久しぶりだね。その後どうだい？」

〝あまり芳しくない〟とはいえず、笑顔でごまかした。

「それより、ふたりが知り合いだなんて、シドニーも私が知らないうちにずいぶん狭くなったもんだな」

教授の言葉にアルフレッドが「本当ですね」と同意する。

「友人に誘われて食事に来たんだが、知った顔があって驚いたよ。で、何の話をしていたんだい？」

教授は由美子の座っていた席に腰を下ろすと、ふたりの会話に加わった。

これまでの経緯を聞いた教授は「それは大変だったね」と、美春を心配そうに見つめた。

「だから、俺の家で日本語の家庭教師を住み込みでして欲しいとお願いしていたんですけど……」

アルフレッドの言葉に、教授がパッと笑顔になった。

「そうなのかっ！　だったらなにも心配いらないじゃないか」

「でも……まだ知り合ったばかりですし」

顔見知りとしての期間は長かったが、今日初めて電話番号を知ったレベルの知り合いだ。そんな相手のところで住み込みで働くのは、少々不安がある。

そもそもアルフレッドのことについて美春が知っているのは、今日聞いた話がほとんどだったのだから。

「ミハル、彼の身元の心配をしているのかい？　だったら心配いらないよ。彼ほど身元のしっかりしている人は、そう滅多にいるもんじゃない」

「教授――」

まだ何か話そうとしていた教授を、アルフレッドがやんわりと止めた。

「あぁ……すまない。とにかく彼の身元については、私が保証する。下手に変な仕事をして、またトラブルに巻き込まれるのは困るだろう？」

信頼している教授の強い勧めで、美春の心は揺れていた。正直、仕事も住むところも喉から手が出るほど欲しい。

そしてアルフレッドと過ごす時間が、増えることも期待できた。

以前から彼に対して好感は持っていた。そして今日食事を一緒にしたことによって〝好感〟が〝好意〟に変わった。

結論が出せずにいる美春の背中をポンと叩き、教授は「グッドラック」と言って、元の席に戻っていった。

教授が去っていった後、アルフレッドがメニューを差し出す。

「いろいろ考えすぎるのも良くないよ。とりあえず気分転換にデザートにつき合ってくれない？」

「あ、はい」

「いいね！　それでデザートを食べ終わるころには、俺の提案を受け入れたくなると思う」

「どうしてですか？」

「ん？　今から俺が必死で説得するから」

肩をすくめた後、店員を呼んで追加オーダーをするアルフレッドを見て、美春は彼の言う通りになりそうな予感がしていた。

第二章　就職先で、教え子に翻弄されています。

数日後――。

美春は大きなスーツケースとボストンバッグを抱えて、アパートの目の前にあるバス停の前でバスを待っていた。

アルフレッドと一緒に食事をしたあと、すぐにＯＫの返事をしそうになったが、もう一度持ち帰って由美子に相談をした。

美春の話を聞いた由美子は、これ以上ないほど喜び、すぐにアパートを解約し自分はさっさとサミュエルの元に向かう準備をした。

こうなると、行き場のなくなった美春はアルフレッドの申し出を受けるほかない。本当は自分の中でとっくに答えが出ていたのだけれど、由美子に背中を押してほしかったのだ。

その結果、美春の思惑通りにことが進み、今日初めてアルフレッドの自宅へ向かうことになっていた。

（勢いでこうなっちゃったけど……今になって何だか緊張してきた）

バスを待ちながら深呼吸しようと、大きく息を吸い込んだ。そんな美春の前に一台の車が止まる。

「綺麗なお姉さん、よかったらお茶でもいかがですか？」

　ウィンドウが開いて美春に声をかけてきたのは、アルフレッドだった。驚いたけれど、とっさに返す。

「すみませんが、これから行かなきゃいけないところがあって。他をあたってください」

　ふざけているアルフレッドに、美春も同じように冗談めかして答えた。

「そう？　そこって俺よりもかっこいい男がいる？　そんなはずないよな？　そんな奴がいるなら、是非お目にかかってみたいな」

　これから訪ねるのはアルフレッドのところだ。それをわかっていて、わざわざそんなやり取りをする彼がおかしくて、こらえきれなくなってついに噴き出してしまう。

「もう……。そうですね、あなたよりもかっこいい人はいないかもしれません」

「そうだろ？　じゃあ乗って」

　車からアルフレッドが降りてきて、美春の持っていた荷物をサッと手に取るとすぐにトランクに載せた。そして、助手席のドアを開け、美春を車の中へ促した。

　アルフレッドが運転席に戻り、ゆっくりと車が動きだした。

「迎えに来てくれて、ありがとうございます」

「あぁ。うちはちょっとわかりにくい場所にあるからね」

　確かに住所をもらって行き方を確かめると、バスを乗り換えなくてはいけない場所だった。

「入れ違いにならなくてよかった」

にっこりと笑うアルフレッドを見て、安心した。

新しい生活が、楽しくなりそうな予感がしたからだ。ウキウキした気持ちでこれからのことを話す。

「早速なんですが、私の教える生徒って〝男の子〟とだけしか聞いていないんですけど」

「あぁ。素直で賢い男の子だ」

「そうなんですか。実は子供を教えるのは初めてだから、ちょっと不安で」

美春は苦笑いを浮かべながら言ったが、アルフレッドの言葉に勇気をもらう。

「型にはまった授業じゃなくていいんだ。日本の文化やよく使うフレーズ。そういった生きた日本語を教えてほしい」

「生きた日本語……それなら心配いらないかも」

子ども相手に難しい文法を教えても、なかなか成果は上がらないだろう。しかし、遊びや会話を通してなら興味を持ってもらえるに違いない。

美春がまだ見ぬ生徒に思いを馳せている間に、車が門を通り抜けた。しかし建物まではかなり距離がある。

「あれ、どこかに寄り道するんですか？」

「なに言ってるんだ。あの建物が俺の家。これから美春も一緒に暮らすんだから、ちゃんと覚えておかないと」

「へ？」

アルフレッドは当たり前のように言ったが、その外観を見て美春は驚きで声も出なくなり、ただ口をあけてポカンと眺めていた。

車が近づくにつれて、その洋館の素晴らしさに目を奪われる。芝生に囲まれたオレンジ色の立派な洋館には、大きなガラス窓がいくつもあった。その手前に噴水があり勢いよく水が噴き出している。もちろん広々とした庭の手入れも十分に行き届いていた。

（いくら郊外でも、シドニーにこんな屋敷を持ってるなんて、アルフレッドの親類っていったい何をしてるんだろう？）

一軒家とは聞いていたが、これほど大きな屋敷とは聞いていなかった。これではルームシェアというよりも、美春は居候という扱いになってしまう。

「うそでしょ……」

思わずつぶやいた美春の言葉は、アルフレッドには届かなかった。ほどなくして玄関先に車が止まると、車内からぼーっと屋敷を眺めている美春をよそに、アルフレッドは車から降りて、助手席のドアを開けて待っていた。

そこに背後から男性の声が聞こえた。

「アルフレッド様、おかえりなさいませ」

「あぁキース。ただいま」

長身の男性とアルフレッドの様子を見て違和感を覚える。

(〝様〟って言った？　いったいどういう関係なんだろう)

しかしその疑問はすぐに解消された。車から降りた美春に、アルフレッドがその男を紹介する。

「俺の身の回りの世話をしてくれている、キース」

「身の周りの世話って……」

「ん、まぁ……秘書みたいなものかな？」

チラリとキースの方をみると、恭しく頭を下げた。

「だって……家をシェアしているって」

「一緒に住んでるんだから、シェアだろ？」

(確かに違うとは言いきれないけど……)

美春は腑に落ちなかったが、背中を押されるようにして玄関へ案内された。振り返ると彼女の荷物をキースが持っていたので、あわてて駆け寄った。

「自分の荷物は自分で持ちますから」

「……ですが」

戸惑っているキースの手から、美春は自分のスーツケースを奪い取った。

「私はお客様でも、あなたの主でもありません。同じように彼に雇われている身分ですから気を遣わないでください」

キースは一瞬驚いたような表情を見せたが、すぐにもとの顔に戻り美春からスーツケースを奪い返した。

「しかし女性にこのような大きな荷物を持たせるなどということは、ひとりの男性としても私には堪えられません。お部屋までお運びします」

そして呆気に取られている美春を置いて、さっさと荷物を運び込んでしまう。

アルフレッドはまったくに気にする様子もなく、美春を連れて家に入った。

「まぁ、気にしなくていい。あいつの頑固さは並じゃないから」

一歩足を踏み入れると、心地よい風が頬を撫でた。廊下の先にある中庭に続くガラス張りのドアが開け放たれていて、外の風と多くの光が室内にふりそそいでいるようだった。

ピカピカに磨かれた床に、高い天井。調度品は美術に詳しくない美春が見ても高価なものだということがわかった。

キョロキョロと回りを見渡しているうちに、応接室に案内された。

アルフレッドに言われるままソファに座った美春は、見ればみるほど豪華な造りに声も出せずにいた。

「で、どうかな？　我が家は」

「どうかなって……こんな素敵なお家だなんて聞いていなかったから」

今回アルフレッドから提示された報酬金額はただでさえ高額だった。しかし住み込みの〝ナニー〟のような役割だからと言われて納得していたのだが、ここまで立派なところに住む子供を相手にできるのか不安になってきた。ただの遊び相手で済むはずがない。

しかしそんな美春を見て、アルフレッドは顔を曇らせた。

「今さら仕事を放り出すなんて言わないよね？」

「まさか、そんなこと――」

「だったら何も問題ない。俺はこの仕事に君が適任だから任せた。それを君が受けたんだ。自分が受けた仕事には全力を尽くすものだろう、違うかい？　ミハル」

「――おっしゃる通りです」

確かにこの仕事を受けると決めたのは、美春自身だ。誰かに強要されたわけではない。

そんなやり取りをしていると、目の前に香りのよいお茶が差し出された。それを持ってきたのは、五十代くらいの笑顔の素敵なふくよかな女性だ。

美春が会釈をすると、女性はにっこりと太陽のような笑顔をみせた。

「ちょうどよかった、美春。こちらうちのことを任せてあるアンナだ。掃除も料理も完璧だから、うちのことで困ったことがあればアンナに聞けばいい」

「でもそれではルームシェアとは言えないんじゃ……」

「たしかに、普通のルームシェアとは言えないかもしれない。だけど、君には家庭教師兼ナニーの仕事がある。それはときには、長時間勤務になることだってあるんだ。雇い主の俺が、そうしてほしいと言っているんだから素直に従ってほしい」

そう言われると、これ以上反論することができなくなってしまう。

アンナが部屋を出ていくと、美春は本題に入った。

「わかりました。それじゃあ、早いうちに私の生徒となる男の子に合わせてください」

ここの流儀を受け入れるしかないと悟った。それならばしっかりと報酬に見合った働きをすれば、申し訳なさも少しは薄れるだろう。

「それなら、もう会ってる」

「え？　いつですか？　この家に来た時にいましたか？」

（あんなにキョロキョロしていたのに、見逃していたなんて）

「何言ってるんだ。ミハルが家庭教師をする相手は俺だよ」

突然何を言いだすのか、美春は目をパチクリさせたあと、まさかと言う気持ちで笑い交じりに反論した。

「もう、何をおっしゃってるんですか？　だって、『やんちゃで素直で賢い男の子』って言いましたよね？」

「うん。間違ってないよね？　俺、やんちゃで素直で賢い」

アルフレッドは自分を指さしながらそう答えた。

「で、でもっ、男の子って言ったのに！」

焦って敬語さえ使えなくなってしまった美春を見て、アルフレッドは事もなげに言う。

「男はいつまでたっても、少年だから」

「少なくとも、私には少年には見えませんっ」

住むところはおろか、仕事内容まで当初想像していたものとは全く変わってしまった。美春はどうすればいいのかわからず、戸惑いを隠せずにいた。

そんな彼女の様子を見て、アルフレッドはおかしそうに肩を震わせて笑っている。

「アルフレッド様、そのくらいにしておいてはいかがですか?」

部屋の入口から声が聞こえ振り向くと、そこにはキースと利発そうな少年が立っていた。

「種明かしはもう少し後でしたかったのに、仕方ない。マシューおいで」

マシューと呼ばれた少年は、アルフレッドの横に姿勢正しく立った。そしてアルフレッドが口を開く前に自ら自己紹介をした。

「マシュー・ウォルター・ヘンダーソンです。今年五歳になります」

しっかりとした挨拶の後、手を美春に差し出した。その礼儀正しさに好感をもった美春は跪き、彼の手をしっかりと握り自己紹介をした。

「ミハル・タカミネです。はじめまして」

にっこりと笑うと、天使のような微笑みが返ってきた。しかし次の瞬間彼は美春の手を引き頬に小さなキスをした。驚いた美春だったが、声を上げたのはアルフレッドが先だった。

「ちょっと待ったー!　美春に手を出すんじゃない」

「何、ただの挨拶ですよ。アルフレッド叔父さん」

「叔父さんって言うな。一気に老ける気がする」

アルフレッドとマシューが話をしている間に、キースが美春の横に来て説明を始めた。

「マシュー様は、アルフレッド様の甥にあたられる方です。今回ご家庭の事情でこちらで暫くお預かりすることになりました。そこで、美春様に家庭教師をお願いしたのです」

キースの説明で、状況が把握できた。

しかしその説明にアルフレッドは納得しなかったようだ。

「美春の授業、俺も一緒に受けることにした。いいだろ？」

「え？　そんな、どうしてですか？」

「そうだよ。僕のレベルにあわせて授業をするんだ。叔父さんには物足りないんじゃない？」

マシューの言うことはもっともだ。

「そ・れ・で・も！　マシューも美春もこの家で預かっているんだ。ふたりのことを見守るのは俺の義務でもあるからな」

「私個人といたしましては、あなた以上に危険な人物はいないと思いますがね」

「黙れ、キース」

美春は目の前で繰り広げられるやりとりについていくので必死だ。自分のことなのに、全く口を挟む余地もなく話が進んでいく。

「あの……ちょっと」

「何、美春は俺がマシューと一緒に授業を受けたら問題があるとでも言うのか？」

「問題はないとは思いますが――」

「じゃあ、決定！　今日からミハルは俺の家庭教師」

「ミハルは、叔父さんのだけのものじゃないんだよ。僕の家庭教師でもあるんだから、独り占めはしないでよ」

「さぁ、どうだろうな」

五歳児と真剣に言い合っているアルフレッドの姿が、美春の目に新鮮に映る。今までの美春の知っている彼とは違う。これからもっと新しい彼を知ることができるのかと思うと、ワクワクした。

「それでは、全員揃いましたから食事にしましょう。アンナが食事を作って待っていますよ」

キースの声で一同は食堂に移動した。


「はぁ……」

美春は用意された自室のベッドに仰向けにバタンと倒れこんだ。

あの後、美春の歓迎会だと言って、アンナの作ってくれたご馳走を食べた。ミートパイやマッシュポテト、どれもオーストラリアの食卓によく登場するメニューだ。なかでも一番美味しかったのは、この国が発祥の地だという説があるメレンゲを使ったお菓子のパヴロヴァで、つい食べすぎてしまった美春は、食事を終えた後ベッドに横になった。

「レイヤール王国かぁ」

食事の時の話題はお互いの国の話になった。アルフレッドたちの出身国である『レイヤール王国』は、オーストラリア同様、一時代をイギリスの植民地として過ごした。その後千九百年代に独立を果たし、現在のレイヤール王国となる。

日本の四国の面積にも満たない小さな国ではあったが、天然資源が豊富なため経済的にも豊かな国だ。また自然を生かした観光にも力を入れており、日本からのハネムーン先としても有名――美春の知識はその程度だった。

お腹がいっぱいになった美春は、疲れも手伝いついウトウトしてしまいそうになる。しかしドアをノックする音で、目が覚めた。

「はい」

返事をすると、ドアがゆっくりと開く。そこに顔を出したのは、シャンパンを手に持つアルフレッドだった。

「ちょっといい?」

「どうぞ」

慌ててベッドから起き上がり、アルフレッドを迎え入れた。彼はソファに座りフルートグラスを置いた。そこに座れということだと理解して、美春は彼の隣に腰を下ろす。

「子供と、口うるさいのがいなくなったから、新しい生活のスタートを記念してふたりで乾杯しようと思って」

マシューとキースのことを言っているのがわかった美春は、思わず噴き出してしまう。

「ありがたくいただきます」

グラスを掲げると、アルフレッドも同じようにして、お互いにひと口シャンパンを飲んだ。

「どう？　新しい職場は？」

「こんなによくしてもらって、申し訳ないなって……。それにまだ仕事もしてないですし、職場って感じじゃないです」

「そうだろうね。マシューのことは大丈夫そう？」

「はい。素直でいい子ですよね。私も彼にレイヤール王国のことをいろいろ教えてもらおうと思って」

しかし、その言葉にアルフレッドの顔が曇る。

「それなら、俺が教えてあげる。わざわざマシューに聞かなくてもいい」

「でも、語学を勉強する時に、お互いの国の文化について話し合うのはすごく有意義なことですよ」

いい勉強方法だと思ったのに、拒否されてがっかりした。

「別に悪いとは言ってない。俺が美春に教えてあげたいだけ。レイヤールのことだけじゃない。俺のことについても、もっともっと知ってもらいたい」

真剣なアルフレッドの目を見て、美春の胸がドキンと音を立てた。

（それって……どういう意味なの？）

問いかけることもできず、ただ見つめ返す。

「俺は自分のことをもっと君に知ってほしいし、君のことももっと知りたい」

彼の言葉が、美春はうれしかった。美春自身もそう思っていたからだ。だから素直にその気持ちを伝えた。

「私も、そう思っています」

美春の返事を聞いて、アルフレッドは手を伸ばし美春をギュッと抱きしめた。

「きゃあ……ちょっと、いきなり」

「ごめん、なんかすごくかわいくて、我慢できなかった。我慢できないついでに――」

「っ……ん」

アルフレッドの柔らかい唇が、美春を捉えた。ついばむようなキスは一瞬だったが、突然のことに驚いた美春の心臓が悲鳴を上げた。

目を白黒させる美春とは対照的に、アルフレッドは満面の笑みを浮かべている。

「さっきのは〝よろしく〟のキス。で、次は――」

「次……って――んっ」

そしてまたしても隙をつかれ、柔らかくて温かいキスが美春の唇に落とされた。

「これは〝オヤスミ〟のキス。じゃあ美春、明日からもよろしくね」

混乱している美春をよそに、アルフレッドは自分の飲みかけのシャンパンを手に部屋を出て行った。

「いったい……何なの？」

呆気に取られた美春は、しばらく呆然とした。

オーストラリアに来て、少しは挨拶のキスに慣れたつもりだった。けれど親密になっても、頬と頬を合わせる程度のことだったので、いきなりの唇へのキスに驚きを隠せない。

そしてときめく鼓動を抑えることもできなかった。

それと同時にアルフレッドの変わり身の早さにも驚いた。日本人の美春と違いキスに慣れているから、特別な意味などないのだろう。それを思うと意識をしてしまいひとりでドキドキしている自分が子供に思えた。

「はぁ……キスにも慣れるときがくるのかな……」

ソファの肘掛に頭をのせて考えるのは、アルフレッドのことだった。

こうして——美春の少々普通とは違った家庭教師生活が、スタートしたのであった。


その翌日から美春は午後の数時間を家庭教師として、それ以外の時間もマシューとともに過ごした。

絵本を読み聞かせたり、クイズをしたり、歌を歌ったり。最初は意味がわからなくても、時々教えた単語を使う姿を見ると、美春はやりがいを感じた。

家庭教師を始めてしばらくたった頃——毛筆にチャレンジしようと、日本から筆、硯、

墨汁や半紙などを取り寄せた。朝食のときにその話をすると、大学の講義が休みのアルフレッドとキースも急きょ参加することになり大勢での書道会が始まる。

「まずは、この硯で墨……えっと、インクを作ります」

興味津々の面々に、なるべく理解しやすいように説明をする。しかしあまり話を聞いていないようなので、早速実践へ移った。

硯に水を数滴落として、ゆっくりと墨をする。

「こうやると、ここの部分に黒い墨がたまっていくんです。だんだんと濃くなっていくので、それを筆につけて文字を書きます」

「やりたいっ！」

立候補したマシューと交代して、様子を身守る。美春の様子を真似て真剣に墨をすっていた。……がしかし、単調な作業はやはり飽きやすい。途中でアルフレッドと交代したが、彼もまたすぐにキースにバトンタッチしていた。

「けっこう大変だな、モウヒツってやつは」

ひとり墨をすり続けるキースを見て、アルフレッドは感慨深そうだ。

「このままキースさんひとりに、大変な思いをさせてはかわいそうなので、奥の手を使いましょう」

ボトルに入った墨汁を出し、硯に出す。

「そんな素晴らしいものがあるなら、早く出してください」

キースは軽く目を細めて、美春に抗議した。

彼の言い分ももっともなので、美春は「すみません」と肩をすくめた。

準備が整い、さっそく美春はお手本に自分の名前を書いてみせた。小学校を卒業するときまで習字を習っていたので、ブランクがあってもそれなりの形になった。

「おぉー。よくわからないがすごい。なんと書いたんだ？」

アルフレッドの賞賛の言葉が少し照れくさい。

「〝美春〟です。美しい春と書いて私の名前なんです」

「美しい春か。ぴったりだな」

納得したようにうなずくアルフレッドの言葉に美春は頬を染めた。

（名前……褒められただけなのに）

なんとなく気恥ずかしかったが、それを隠すようにマシューに筆を持たせて、一緒に彼の名前を書いた。

「これはカタカナで〝マシュー〟よ」

さらさらと書くと、後ろを振り向いてうれしそうにニコニコしている。

「カンジではどうやって書くの？」

「んーそうだな」

美春はしばし考えた後、『真修』と書いた。その文字を見てキラキラと目を輝かせている。

「これはどういう意味があるんだ？」

アルフレッドに問われて答える。

「うそや欠けがなく、整っているという意味です」

「いいな。俺の名前もカンジにしてくれる？」

「え……でも、ちょっと難しいかと」

「どうしてもダメ？」

すがるように言われて美春は必死で考えた。そしてひねり出したのが『在留歩赤』だった。

「おおー！　とてつもなくかっこいい雰囲気だな。で、意味は？」

「えっ！　意味⁉」

そこまで考えていなかった美春は、焦ってしどろもどろになってしまう。はっきり意味などないと言えそうな雰囲気ではない。

そんなとき、美春に助け舟が出された。アンナの声が部屋の外から聞こえる。

「ミハルー！　ちょっと手伝ってちょうだい」

「はーい。ゴメンなさい。私ちょっと、行ってきます」

その場からそそくさと逃げ出した美春は、ほっと胸をなでおろしてアンナの手伝いのためにキッチンに向かった。

アンナの手伝いを始めて四十分ほどたったころだろうか、マシューが顔に墨をつけて得意げにキッチンに現れた。

「ミハル、コレみて」

指さしたＴシャツには先ほど美春が書いた『真修』という文字がプリントされていた。

「わ、すごい。どうしたのそれ？」

美春の問に、後からキッチンに来たアルフレッドが答えてくれる。

「パソコンに取り込んで、印字したんだ。どうだ？」

そういったアルフレッドが身に着けているのもまた、マシューと同じく彼の名前の漢字をプリントしたＴシャツだった。

「かっこいい？」

「あ、うん。すごくいいですね」

引きつった顔になってしまったのだが、アルフレッドは気にも留めていないようだ。

（Ｔシャツにするほど喜ぶなら、もっとちゃんとした漢字を考えてあげるんだった……）

今さら反省しても遅い。美春はとりあえず褒めてその場を乗り切った。

その日、一日の仕事が終わり美春が部屋でくつろいでいたとき。

結局、マシューもアルフレッドもその日一日中漢字Ｔシャツを着て過ごした。美春はアルフレッドのＴシャツを見るたびに笑いをこらえるのが大変だったが、うれしそうなふたりの様子を見て、温かい気持ちになった。

(そろそろかな……)

部屋の時計は間もなく、午後十時を指すところだ。美春は部屋の鏡をチェックして髪を手櫛で整えた。

――コンコンッ。

ノックの音が聞こえ「はい」と返事をすると。ドアが開いてアルフレッドが入ってきた。今日はトレイの上にティーポットが載っている。

「本日のお茶は、良く眠れるようにカモミールティーにしました」

まるで執事のように恭しく給仕をするアルフレッドの様子がおかしくて、思わず笑ってしまう。

「もう、アルったら……やめてください」

「美春お嬢様、一緒にお茶してもよろしいですか?」

まだ執事ごっこをやめないアルフレッドに根負けした美春は、「よろしくてよ」と彼に合わせるような振る舞いで答える。

お互い顔を見合わせて笑った後、夜のお茶会が始まった。

ここに引っ越してきた当日から、ほぼ毎日この時間になるとアルフレッドの訪問があった。こうやって部屋の中で入っておしゃべりをする日もあれば、扉のところでオヤスミと短く言葉を交わすだけの日もある。

そしてこの時間こそ、美春が彼に日本のことを教える時間になっていた。

アルフレッドは昼間は大学に通っているため、マシューと一緒に授業を受けることは難しい。だからこうして、部屋を訪ねてきたときに彼の興味のある日本についてレクチャーすることが多くなったのだ。

アルフレッドが注いでくれたお茶に口をつける。その香りと温かさで心が癒される。

「今日のマシューはすごく楽しそうだった。ありがとうミハル」

「そうですね。まさか寝るときまであのTシャツを着たいと言い出すなんて思ってもみませんでした」

あの後もマシューは夕食まで筆と半紙でいろいろと作品を作り上げた。手もまっ黒で顔も墨だらけ。それでも彼はすごく楽しそうにしていて大変習字を気に入ったようだった。

ふとアルフレッドの顔が曇ったので、美春は心配になった。

「いや、マシューはあまり他の子供のように自由な時間が今までなかったから、あんなふうに楽しく過ごす時間って、アイツにとってとても貴重なんだ」

「そうなんですね」

確かなことはわからなかったが、住まいや身なりでアルフレッドやマシューの家が裕福なことは感じていた。そしてそういう家には美春にはわからない、いろいろ複雑な事情があるのだろうと、想像はしていた。

「あの歳で周りの期待を一身に受けて、大変だと思う。だからせめてこっちで俺と一緒にいる間は楽しく過ごしてほしいんだ。だから、美春がいてくれて本当によかったと思っている」

「あんなに小さいのに……だから時々ずいぶん大人びた顔をするときがあるんですね」

まだ両親が恋しい年頃だろうに、少なくとも美春の前ではそういった態度はまったく見せなかった。

「幼いながらにいろいろ自覚しているんだろうな。まぁ、逆に期待されないのもつらいけどな」

アルフレッドはふと笑いながら言ったが、どこか自嘲じみていて気になる。

「それって……」

「あぁ、俺のこと。うちの家にはよくできた兄貴がいてさ、それがマシューの父親だ。家督はもちろん兄が継ぐんだけど、小さなころから俺には誰も何の期待もしなかったわけ。まぁ、お陰でマシューみたいに窮屈な思いはしなくて済んだんだけど」

彼は明るく振る舞うが、その言葉の端々に子供のころの寂しかった思いが感じられて切なくなる。

「まぁ、俺はできる兄貴に比べられて――」

「そんな必要――誰かと比べる必要なんてないです。私が困ったとき、いつもアルが助けてくれました。私にとってアルは一番頼りになる存在で、アルがいなければこんなに楽しい時間を過ごせなかったと思います」

「美春……俺は、君の王子になれてる？」

やけにキザな尋ね方だが、美春は素直に応えた。

「はい。アルが私にとっては一番の王子様です」

アルフレッドは言葉にはしなかったが、その表情から喜びがにじみ出ていた。目元を緩めながら美春をじっと見つめる。その視線に心拍数が上昇した美春は、改めて自分がずいぶん大胆なことを言ったのに気づき、恥ずかしくなって、顔を背けた。

「ダメだ、こっち見て」

優しく頬に手を添えられ、アルフレッドと言葉もなく見つめ合う。そしてお互いの顔がゆっくりと近づき、気がつけば唇が重なっていた。

これまで何度もアルフレッドとキスをしていたけれど、それは彼から一方的に与えられるものだった。しかし今日のこのキスは今までのものとは明らかに違った。美春みずから、彼とそうしたいと思ってしたキスだった。

一度唇が離れ、至近距離でもう一度見つめ合う。またお互い吸い寄せられるように唇を重ねた。

繰り返されるキスに、頭の芯まで痺れてきて何も考えられなくなってしまう。何度目かのキスの途中で、アルフレッドが美春の体を引きはがすようにして距離をとった。

「ごめん……」

（どうして謝るの？）

途端に不安になった美春は、気持ちを隠せずに顔に出してしまう。今日はまだ美春の前で、

「違うんだ。これ以上続けると、いろいろ我慢できそうにない。今日はまだ美春の前で、
王子様でいようと思う」

そう言うと、テーブルの上のティーセットを素早く片付け、出口に向かう。

美春はアルフレッドの言葉を聞いて安心し、彼を扉のところまで見送る。

「おやすみ、美春」

唇を寄せようとして、アルフレッドが思いとどまる。

「ごめん、今日はキスはなしで。俺の理性がふっとぶ前に、退散する」

その言葉に、美春が恥ずかしくなり頬を染めた。

「また明日」

「おやすみなさい。アル」

美春の言葉に手を軽く上げたアルフレッドが扉を優しく閉めた。

扉が閉まったあとも、美春はその場にボーっと立ちつくしていた。さっきまでアルフ
レッドが触れていた唇を指で触れる。まだあの熱い感覚が残っている。

思い出すと胸がギュッと痛いほどときめき、体温が上がる。

「私、アルのこと……」

それまでも薄々感じていたが、このときはっきりとアルフレッドへの思いを自覚した。

それに後押しされるように、美春の中の彼の存在がどんどん大きくなる。

その夜ベッドに入っても、なかなか寝付けずにいた。目をつむるとアルフレッドの姿が思い浮かび、その度に心臓がドキドキして、眠れるはずなどなかった。

翌日――。美春は、いつもより早く目覚め、ほんの少し身支度を丁寧に整えた。なんとなくアルフレッドの顔を見るのが照れくさかったが、否応なしに朝食の席で顔を合わせることになる。これまで同様、マシューの隣に座ると目の前に座るアルフレッドに視線を向けた。

「おはよう、美春。よく眠れた？」

「あ、はい」

「そう？　俺は……あぁ、子供の前だ。やめておく」

あれから彼がどう過ごしていたのか、気になったが……朝食の席の話としては相応しくないかもしれない。美春は気恥ずかしさを感づかれないように、いつも通り自然に振る舞うことに注力した。

その日は大学が休みだったアルフレッドは、美春とマシューの授業に参加した。天気が良くあたたかかったので、庭にあるガゼボで、毛筆のセットと一緒に取り寄せたカルタをすることにした。美春が札を読み、アルフレッドとマシューが競い合って札を取り、みんなで楽しんだ。

途中で他の授業の時間になったので、マシューは渋々屋敷に戻っていった。

ふたりになった美春とアルフレッドは、庭でゆっくりと散歩することにした。並んで歩いていると、美春の手をアルフレッドがそっと握った。

美春は少し驚いたが、戸惑いながらもその手を握り返すとアルフレッドの手に力がこもった。繋いでいる手からお互いの体温が感じられて、幸せな気持ちになる。

そのまま暫く他愛のない会話をしながら歩いていると、アルフレッドの電話が着信を知らせる。応答したあと彼の表情が一瞬曇った。

「大学に行かなくちゃならなくなった。悪いけど美春は屋敷でゆっくりしていて」

アルフレッドは学生だ。だから何よりも勉学を優先させるのはあたり前なのだけれど、目の前から好きな人が突然いなくなって寂しい気持ちはどうしようもない。

車に向かったアルフレッドを見送ると、ガゼボのカルタを片付ける。そのとき今度は美春の携帯がメールの受信を知らせた。

「ん？　誰だろう」

メモリに登録されていないメールアドレスからの送信だった。なんとなく嫌な予感がしたが、とりあえず内容を見る。

【未払い分の給与を支払うから、店まで来て欲しい。ちなみに由美子は今日取りに来るそうだよ】

「え、どうして今さら⁉」

日本料理店の仕事をクビになって二ヶ月近くたっている。それなのに今さらなんだというのか。しかしこのメールの中で一番気になったのは由美子のことだ。あんなことがあったのに、またあの店に行こうなどと思うだろうか？　普通ならばそんなことはしないだろう。

しかしサミュエルと一緒に暮らしてるといっても、もしお金に困っているとしたら、由美子はオーナーの元に行ってしまうかもしれない。

すぐに由美子に電話をしたが、留守電になっていて連絡が取れない。美春は迷った。彼女にはサミュエルがついているのだから、もしオーナーに会うとしても彼が一緒に行くに違いない。けれどもし……何らかの理由でひとりでその場に向かっていたら？

そう思うと、いてもたってもいられなくなってしまう。

（取り越し苦労ならそれでもいい……とりあえず行ってみよう）

美春は急いで部屋に戻ると、バッグをつかんで外に出た。アルフレッドはすでに外出してしまっていたので、アンナに以前の職場に行くと伝えると、買い物ついでに車に乗せてもらえることになった。

一番近い駅で降ろしてもらい、電車に乗ってＭＩＹＡＫＯへ向かう。その間も由美子に何度も電話をしたが、一向に連絡がとれなかった。

不安になってアルフレッドにも連絡をしたが、彼もまた電話に出ない。

そうこうしているうちに、店に到着した。閉じているドアから中をのぞくと、なんだか様子がおかしかった。この時間ならば、従業員や客がまったくいないことなどありえないのに、店の中は電気もついておらず薄暗くて、人の気配も感じられなかった。

(もしかしたら、定休日？　だから由美子や私を呼び出したのかもしれない)

外から中を覗きこんだが、由美子の姿もオーナーの姿も見当たらなかった。まだ由美子は到着していないのだと思って、安心したそのとき誰かが背後から美春の肩を叩いた。

「ひっ！」

振り向くとそこには、薄ら笑いを浮かべた店のオーナーが立っていた。

一気に体に震えが走る。

「ちゃんと来てくれたんだね。ほら、中に入りなさい」

腕を引かれそうになって、慌てて振りほどいた。

「私は由美子が心配で来ただけです。彼女がいないなら帰ります」

逃げようとしてオーナーの横をすり抜けようとするが、あっさりと前方をふさがれた。

顔を上げオーナーの顔をまっすぐに睨みつけたが、まったく何の効力もなかったようだ。

そのまま、人通りのほとんどない店の裏口に、引っ張り込まれた。

「由美子がここに来るって言うのは嘘だよ。給与の支払いをするって言ったのも嘘」

まさか騙されていたとは思っていなかった美春は、声を荒らげた。

「どうしてそんな嘘を？」

なんとかこの場を切り抜けなければならない。努めて冷静になるように自分に言い聞かせた。

「あのあと、うちの店はどうなったと思う？」

自分が辞めたあと、そもそもあの出来事自体を思いだしたくなかった美春は、店がどうなったかなんて考えたことはなかった。

「知りません。私にはもう関係のないことですから」

「関係ない？　よく言うな。お前があの常連の男に言ってこの店を潰そうとしたんだろう？」

「なんのことですか？　それにあの男って？」

相手が何を言っているのか、全く理解ができない美春は逆に質問を返した。

「あの、アルフレッドって男だよ。おまえたちが辞めてからうちの店に脱税疑惑がかかって調査を受けた。店の評判は落ち、追徴課税を払うと店の経営どころじゃなくなった。いろいろ調べたら裏であの男が密告していたことがわかったんだ」

この短い期間の間にそんなことがあったとは、美春は知る由もなかった。しかしこれは完全に逆恨みというものだ。

「もし彼が何かしたとしても、やましいことがなければこんな状況にはならなかったはず。悪いのは彼じゃない」

こんな状況で相手を悪戯に刺激するのは得策ではない。けれど美春の正義感が黙って口をつぐむのを許さなかった。

「うるさい。いいからこっちに来るんだ」

裏口から店の中に引きこまれそうになる。

「何をやっている」

背後から怒鳴り声が聞こえた。振り向くとそこには、肩で息をするアルフレッドが立っていた。髪は乱れ、額にはうっすらと汗が浮かんでいる。

さっと美春を背中にかばい、オーナーの視界から隠した。

「また、あなたですか？　私は未払いだった給与を払おうと思っただけですよ」

さっきと言っていることが、まるで違う。あきらかにアルフレッドの登場に戸惑い、なんとかこの場をおさめようとしていることがわかった。

「だったらどうして、彼女はこんなにも嫌がっているんだ。これ以上、彼女を困らせるようなら、警察に突き出す。いいのか？」

「そんな……たかがその程度の女のことで——」

「もう一度言ってみろ！」

今まで聞いたことのないアルフレッドの怒号に、美春の肩はビクンと震える。後ろに庇われていたのではっきりとした表情は見ることができないが、それでも彼の怒りはありありと伝わってくる。

「クソッ！」

美春に聞き取れないほどの早口で、悪態をつくとオーナーは店の中へ逃げ込んだ。それを見て、美春は肩の力を抜いてその場に座りこみそうになる。そんな彼女をアルフレッドがしっかりと抱きとめた。

「ミハル」

　息が止まりそうなほどの力で抱きしめられ、その力強さに驚く。

「ありがとうございます、助けてくれて。アルが来てくれなかったら、私……」

　想像しただけでも身の毛がよだつ。

「どうしてひとりで、こんなところに来たんだ。あいつが危ない奴だってわかっていただろう？」

　アルフレッドの強い口調に、美春は自分のしたことの重大さに気づき、申し訳ない気持ちでいっぱいになる。

　少し距離を置いて、俯く。まともに彼の顔を見ることができない。

「由美子がここに来るって聞いて……」

「友達思いなのはいいけど、それで君が危険な目に遭っていたら意味がないだろう？」

　確かに彼の言う通りだ。美春は謝ることしかできない。

「本当に浅はかなことをしてごめんなさい」

　そんな美春を見て、アルフレッドはため息をついた。呆れられてしまったと思った美春は、肩を落とす。

「違うんだ。君を責めているわけじゃない。俺が責めているのは自分自身だ」

「そんな、悪いのは無鉄砲な私で……」

「違う。ミハルはちゃんと俺に連絡をくれていただろ。ただその時にすぐに気が付かなかった自分が悔しいんだ。そしてここにひとりで来させたことも。もっと俺に頼ってほしかった」

アルフレッドの気持ちがうれしい反面、美春は複雑な思いを抱いた。

「でも、そこまでしてもらうわけにはいきません。私はただの家庭教師だから」

美春は素直な気持ちを吐露する。そもそも自分とアルフレッドは、雇い主と家庭教師の関係にすぎない。

「だから、君をただの家庭教師にしておいたことを後悔している」

彼の意図することがわからない美春は、アルフレッドの顔を見た。彼は真剣な眼差しを美春に向けている。

「君に何かあったときには、いち早く駆けつけて、君を支えてあげたい。だから早くこうするべきだったんだ」

彼の大きな手が、美春の頬を包み込む。

「好きだ、ミハル。君の一番近くにいたい」

今まで冗談めかして、好きだと言われたことは何度もあった。けれどこんなにも真剣に告白されたのは初めてだった。彼のストレートな言葉に、美春の心が震える。

心の中に芽生えていた、アルフレッドへの思いが堰を切って溢れ出す。

「私も、アルの傍にいたいです」

胸がいっぱいになり、やっとの思いで伝えた言葉。それをアルフレッドは満面の笑みで受け入れた。

「ありがとう。ミハル」

ゆっくりとふたりの距離が縮まっていく。そしてふたりは心が通じ合って初めてのキスを交わした。

それから美春はどこかふわふわした気持ちのまま、アルフレッドの車に乗せられた。そして気がついたときには、すでに屋敷に着いて、自分の部屋へ向かう階段の下に立っていた。

「あの……今日はありがとうございました。おやすみなさい」

今までと違う雰囲気にいたたまれなくなった美春は、そそくさと自室に戻ろうとする。

しかしその手はアルフレッドにがっちり握られた。

「まさか、もう自分の部屋に戻るつもり？」

「え、あの……もう時間も遅いですし」

「だから？　遅い時間だからできること、あるよね……？」

アルフレッドの持って回った言い方に、美春は自分でも赤面しそうな想像をして慌ててしまう。

「あの、でも……」

「これ以上何も言わなくていい。美春がやっと俺のものになったんだから、今夜は部屋に帰さないよ」

そう言うといとも簡単に、美春を抱き上げた。

「きゃぁ……ちょっと、アル」

「しー。騒がしいのと口うるさいのが起きてしまうから、少しの間だけ静かにして」

アルフレッドの腕の中にからめとられたまま、美春は思わず素直に口を閉じるしかなかった。しかし鼓動はうるさいくらい音を立て、美春はこれからアルフレッドと過ごす時間を想像して、期待と緊張が昂まっていくのを感じていた。

バタンと音を立てて扉が開く。いつもはそんな粗野なふるまいをしないアルフレッドなのに、今夜はやけに荒々しい。

美春をさっきの態度とは裏腹に大切に床に降ろすと、後ろ手で扉を閉めた瞬間、解放したばかりの美春の手を引き強引に口づけた。

「んっ……あふっ」

奪うような強引なキス。最初はそう思っていたが、その激しさが彼の気持ちを表しているように思えた。美春は自分がこんなにも激しく求められていると思うと、その気持ちがうれしくて必死に彼のキスに応えた。

絡まり合う舌と舌。ザラリとした感覚とお互いの唾液の混ざり合う音。そのすべてが美春の興奮を煽った。

「ミハル……」

ふたりの唇が離れ、至近距離で見つめ合う。そしてアルフレッドは耳元で言い聞かせるように美春に言った。

「全部見たい。俺に見せて」

本来ならば人前で服を脱ぐなど恥ずかしいことだ。けれどこのときの美春はアルフレッドに言われるままカーディガンに手をかけ、ボタンを外し肩からパサリと床に落とす。背中に手をまわしワンピースのファスナーをゆっくりと下ろした。

その間情熱的なアルフレッドの瞳は、一つひとつの動きを見逃すまいと追い続ける。視線の持つ熱に溶かされてしまいそうだ。いや、実際に溶かされてしまったのかもしれない……このとき、美春の中の理性というものはすでに働かなくなってしまっていた。

ストンと足元にワンピースが落ちると下着だけの姿になった。それを見ていたアルフレッドが美春に手を伸ばし、額と額をコツンと合わせる。

「ここからは、俺にさせて」

美春が小さくうなずくと、まずは額にそして頬に……ゆっくりと小さなキスが落とされていく。耳朶を甘く嚙まれるとブルッと体が震えた。そんな美春の反応を見てアルフレッドは小さく笑った。

「可愛い……」

甘いささやきは、喜びと疼きを同時に誘う。それに酔いしれている間にアルフレッドがブラジャーを床に落とした。咄嗟に手で隠そうとするが、アルフレッドはそれを許さなかった。胸を覆うものをはずそうとする彼の意志に、美春は素直に従う。

足元に積み重なっていく脱ぎ捨てた衣服の分だけ、美春の心も裸にされていくようだ。何も考えずに、心のままに彼を受け入れていた。

大きな手のひらが、ふくらみを優しく包んだ。徐々に力を加えられて指先が赤い頂に触れる。

「んっ……」

思わず鼻にかかる声がでた。アルフレッドはそれを楽しむように、白い首筋に舌を這わせながら頂への愛撫を激しくする。背中をゾクゾクとした感覚が走り抜け、膝に力が入らなくなり、その場に崩れ落ちそうになる。

「あっ……ごめん、こんなところで。ベッドへ行こう」

アルフレッドは美春の手を引き、部屋の奥にあるキングサイズのベッドに彼女を座らせた。

「俺も脱がないと、フェアじゃないよな」

そう言うと一気に衣服を脱ぎ捨てる。いきなり目に飛び込んできた筋肉質な体を見て、美春は恥ずかしさから思わず顔を背けた。

「ちゃんと見て、触って。俺のこと」

ギシリとベッドの音をたてて美春の隣に座ると、彼女の手を自分の心臓のところまで持っていく。

「美春が俺をこんなに熱くさせているんだ」

アルフレッドは美春の手に自分の肌の上を撫でさせた。美春ははじめて彼の肌を感じる。洋服を身につけているときには気がつかなかった厚い胸板、引き締まった腹筋。そして下腹部の最も熱い部分に手がふれる。思わずビクッとして手を離そうとしたが、彼はそれを許してくれなかった。

「こうなったのも、全部美春のせいだ。俺をこんなにさせて……」

耳元でそう囁くと、舌が耳を愛撫する。

「責任はちゃんととってもらう」

そう言うや否や、アルフレッドは美春を自分の膝の上にのせた。

「きゃあ。アルフレッド、私――」

「ダメ。逆らわないで」

驚きで足をばたつかせているうちに、最後の砦のように残されていたショーツがはぎ取られた。

背後から抱きしめられ、背中が彼に密着する。左手が胸に伸びてきて刺激を加え始めると、先ほどの快感がすぐに戻ってきた。胸の先端に彼の指先が触れるだけで、固くとがっていく。それを面白がるようになおも、胸への愛撫を続けた。

そちらに気を取られている隙に、アルフレッドの長い指が美春の薄い茂みを捉えた。さわさわとそこで遊ぶように撫でられただけなのに、奥の方が熱くとろけていくのがわかる。それを彼に悟られないように、膝を合わせてそれ以上指が先に進めないようにした。

しかしそれが気に入らなかったのか、アルフレッドは強引に美春の顔を自分の方に振り向かせると、荒々しく唇を奪う。その強引で激しいキスは、美春の脳内を揺さぶり、何も考えられなくしてしまう。

力が抜け、全身が彼の思惑通りになったとたん、彼の指先が緩んだ太腿の間をスッと撫で上げた。

「んっ——……う」

ビクンと体が跳ねる。そこの状況を確かめるかのようにアルフレッドの指が数回往復した。その度に奥の方から蜜が溢れ出て、彼の指を濡らす。

まだキスで唇をふさがれている美春は、首を振って抵抗した。やがて唇が外れて声が出せるようになる。

「あぁ……ダメなの。そんなにしちゃ……」

「どうして、ミハルがここをこんなにしてくれていて、俺はうれしいのに」

アルフレッドが指の動きを激しくすると、美春は唇を噛み、目をつむって襲ってくる愉悦に耐える。

「目をあけて、ちゃんと見て。君のココが何をされているのかを」

普段ならそんな恥ずかしいこと、素直に聞くはずない。しかし背後から優しくささやか

れ、快楽の中を漂っているとそれを何の抵抗もなく受け入れてしまう。

目を開くとそこには、自分の大切な場所を愛撫するアルフレッドの大きな手があった。美春が目を開いたのを確認した彼はわざと動きを大きくして、グチュグチュと大きな音を立てた。

そして見せつけるように、アルフレッドは美春の中に二本の指を埋めた。

「ひぁっ……」

異物感に声が出たがそこはしっかりと濡れていて、なんなく男の指を受け入れた。そしてゆっくりとした動きから与えられる快感に、そこが小さく痙攣する。

「ここ、ちゃんと慣らしておかないと……あ、でもこれだけ濡れていれば平気か」

背後でアルフレッドが煽るように囁くが、快楽に翻弄される美春には届かない。しとどに濡れるそこから、卑猥な音が響いた。その様子を美春はアルフレッドに言われるまま、視線をそらさずに見ている。

視覚や聴覚もすべてが快楽につながる。美春は我慢できずに、アルフレッドの膝の上でビクンと跳ねて、声を上げた。

「んっ……あぁぁああ」

顎を突き出しのけぞる美春の首元を、アルフレッドの唇が這う。

「まだだよ……もっとだ」

「いやっ、待って――あっああ」

美春の制止など聞く耳を持たず、アルフレッドはまたもや美春への愛撫を再開した。ついさっき達して敏感になっているせいで、とめどなく中から蜜が溢れてきた。

「ダメ……ああっ……んっ――んっ」

続けざまに何度も快楽がはじけて、美春の体がガクガクと震え始めた頃――やっとアルフレッドの指がそこから引き抜かれた。

美春の愛液で濡れたその手を見せつけるように、彼女の目の前に持ってきた。

「すごく濡れてる。可愛い」

アルフレッドの言葉に、首を振って否定した。

「そんなこと……言わないで」

「どうして？　事実だし、俺はとってもうれしいんだけど」

そう言いながら美春の体をベッドの中心に横たえ、覆いかぶさるようにして美春を見つめる。

「もっと深く愛したい」

美春の両方の膝を持ち、優しく開いた。すべてが彼の視界の前にさらけ出される。アルフレッドの熱いものが擦り付けられ、これから先のことを想像して美春の体がこわばった。いくら指で慣らされたといっても、久しぶりの行為に緊張を隠せない。

「大丈夫だから。俺、ミハルの中に入りたい」

懇願する彼の表情は、いつもと違い余裕が感じられない。美春が欲しいと体中で表現していた。

「私も、アルとひとつになりたい」

美春の言葉を聞き、うなずいたアルフレッドがゆっくりと彼女の中に入っていく。それと同時に美春のこわばりを解こうと、アルフレッドは顔じゅうにキスを落としていく。舌で唇をなぞると、美春はそれに応えるように舌を差し出した。

「んっ……はぁっ」

中を押し広げられていく感覚に思わず声をあげてしまう。そこはすでに彼でいっぱい……だと思っていた。

「あと、半分」

「うそっ！　もういっぱいなの……ンッ、ダメぇ」

まさかの申告に驚いたが、アルフレッドはまだゆっくりと美春の奥へと進む。これ以上はないほど奥がいっぱいに広げられたような感覚に戸惑う。

お互いの舌がもう一度激しく絡まりあう頃には、今度こそ本当に美春の中がアルフレッドでいっぱいになった。

「奥まで、俺でいっぱいになった。わかる？」

うなずく美春は、恥ずかしさから目をつむったままだ。しかしアルフレッドが深く腰を沈めると、その衝撃から目を大きく見開いた。

「もっと、奥の奥まで愛させて」

ぐいぐいと押しつけられる彼自身が、それ以上ないほど奥まで達した。そしてそれを引き抜くと、次は一気に最奥を突き上げる。

「あぁあああ……やぁ」

その衝撃に目の前がチカチカする。しかし、そんな美春のことは意に介さず、アルフレッドの動きは徐々に加速していく。体が大きく揺さぶられ、ベッドのスプリングが音を立てた。その音に肌と肌がぶつかる激しい音が混ざる。

猛烈な快感が駆けのぼってきて、美春はただ声を上げ続けた。何度か頂点に達した気がしたが、彼から与えられる快楽はその度にもっと大きな快楽を連れてくる。

そして一番大きな快感が体の中ではじけた瞬間、つま先は丸まり腰がガクガクと揺れ、つかんでいたシーツがより一層しわくちゃになった。

「あああああ……ああ」

「くうっ――」

美春が快楽に翻弄されたと同時に、アルフレッドもまた自身の昂ぶりを美春の最奥にたたきつけて、熱い飛沫を解き放った。


美春は頬に何かが触れる感覚がして、くすぐったくて目を開けた。そこには朝日に照らされ愛しそうに美春を見つめている、アルフレッドの姿があった。

「おはよう」

「おはよう……ございます」

爽やかな朝の光景の中、彼の顔を見ると否応なく昨日の甘美な出来事が頭をよぎる。あれから何度もふたりは抱き合った。最後は記憶が薄れていてよく覚えていない。急に恥ずかしさが襲ってきて、美春はシーツで顔を隠した。

「あれ、まだ眠い？　昨日アレだけのことしたんだから、仕方ないか」

からかうアルフレッドに視線で抗議したが、まったく悪びれた様子はない。

「でも、そろそろ起きないと……離れたくないけど」

シーツにくるまる美春を、その上から抱きしめた。

（私も離れたくない。もっとこうしていたい）

彼の腕の心地よさからは簡単に抜け出せそうにない。しかしそんな美春たちの幸せな時間がノックの音で邪魔される。

——コンコンッ。

「アルフレッド様、間もなく朝食の御時間でございます」

聞き慣れたキースの声が扉の向こうから聞こえてきて、美春は慌てた。こんな状況を彼に知られるわけにはいかない。

慌てて体を起こしてあたりを見回し自分の服を探していると、アルフレッドがまた背後から抱きしめてきた。

「キース。悪いけど、朝食は三十分遅らせて」

美春を腕に抱いたまま、キースにそう言った。

「……さようでございますか。マシュー様にはそのようにお伝えいたします。美春様には、私からお伝えする必要はありませんね」

「えっ……」

（もしかして、キースさんってば私がここにいること、気がついているの？）

「あぁ、それでいい」

「かしこまりました」

キースが扉の前から去っていくのを待ち、美春は口をひらいた。

「どうしよう……キースさんに私たちのことバレてるかもしれない」

「何をそんなに心配してるんだ？　別にどうってことない。アイツはこういうの慣れてるから」

ガウンを羽織りながら何気なくアルフレッドがそう言った。しかしその言葉は美春の胸に小さな棘となって刺さった。

（それって……こういうことがよくあるってこと？）

アルフレッドは魅力的な大人の男性だ。だからこういったことが初めてのはずがない。美春にだってそれくらいのことは分かる。ただ頭で理解はしていても、胸がチクチクと痛む。

「シャワー先に使うよ。それとも一緒に浴びる？」

「あ、後で入りますから、お先にどうぞ」

「そうか、残念」

美春の頬を優しくひと撫ですると、アルフレッドはバスルームへ向かった。

その背中を見て、美春は自分に言い聞かせた。

気にしたって仕方ない。彼が今好きなのは自分であるのは確かなのだからと。


それからアルフレッドと美春のふたりの関係は、急速に密度が高まっていった。

昼間美春はマシューと共にすごしたり、アルフレッドの論文作成の手伝いをしたりした。

そもそもアルフレッドの留学の目的は、観光事業の研究だった。観光地としてのレイヤールの発展に力を注ぎたいという思いがあるようだ。

楽しそうに目を輝かせて理想を語る彼の言葉に、美春も手伝いをしながら一緒に夢を膨らませた。

そして夜は互いの部屋を行き来し、溺れるように愛を交わす。美春にとって毎日が、幸せに満ち足りたものだった。

そんなある日、美春はアルフレッドのひとつの願いを叶えようとキースの運転で、日本の食材を多く取り扱っているスーパーに向かっていた。

「あの、すみません。忙しいのに」

「いえ。構いませんよ。ミハル様は大事なお客様ですから。ホームシックでしょうか？」

「違います。アルがおうどんが食べたいって言っていたのでなんとか食べさせてあげたいと思って」

美春たちの代わりにオーナーと話を付けて以来、アルフレッドはあの店で食事をすることはなかった。今となってはあの店自体閉店してしまって、結局のところアルフレッドは週に一度は食べていたうどんを今まで食べられずにいた。

彼がふと口にしたことを叶えてあげるために、キースに日本の食材を多く扱うスーパーに連れて行ってもらえるように願い出たのだ。

「左様でございますか。アルフレッド様もきっとお喜びになられるでしょう」

言葉だけとれば賛同しているように聞こえる。しかし、その声色には全く心がこもっていない。

「どうかしましたか？　何か気になることでもありますか？」

「いや、あなたがアルフレッド様にいろいろ尽くしてくださるのは大変結構なことなのですが、彼にはあまり多くを望まれないことです」

まっすぐ前を見て運転しながら事務的に言う。

「どういう意味ですか？　私、アルに何か特別なことをしてもらおうだなんて、一度も思ったことありません」

今だって十分やってもらっている。住む所に仕事……それに女としての幸せな時間も彼からもらっているのだから。

「ミハル様がそうおっしゃるなら、安心しました。ただ私の言ったことは、今後も忘れずにいてください」

まるで念を押すような言い方に疑問を感じた。しかしすぐにスーパーに到着してしまったのでそれ以上深く話を聞くことができなかった。


買い物を済ませて、屋敷に戻るとマシューが待ち構えていた。

「ミハル、早くウドンを作ろう」

「はい、すぐに準備しましょう」

マシューに手を引かれてキッチンに行くと、アンナがすでに道具を準備して待っていてくれた。

早速食塩水を作って、小麦粉の入った大きなボウルに三分の二ほど回しかけ、すぐに手で勢い良く混ぜた。

「僕もやりたい！」

手伝いをする気満々のマシューと交代してアドバイスをする。と言っても、美春自身もうどんを粉から作るのは初めてだ。昨日随分時間をかけてネットでいろいろと調べて今日に備えた。

「粉がボロボロになってきた」

　夢中になったマシューは粉が顔につくのも気にせずに、一心不乱に生地をこねている。だんだんまとまってきたので、美春がひとまとめにした。ビニール袋に入れて冷蔵庫に入れて、数十分生地を寝かせる。ここからが一番マシューの喜びそうなところだ。

「ミハル、これ本当に踏んでいいの？」

「はい。こうやって踏むことによっておいしいおうどんになるんです」

「うわ～ぐにゃぐにゃしてる」

　うれしそうに笑い声をあげ、うどん作りをしているとアルフレッドが大学から戻ってきた。

「みんなで何やってるんだ？」

「あ、お帰り。僕とミハルがアルのためにうどんを作ってるんだ」

「うどんだって？　美春！　俺もやりたい」

　少年のように目を輝かせたアルフレッドも加わり、皆で楽しくうどん作りをした。

　買い物に行く車の中で様子のおかしかったキースは、いつもと変わらない様子でそんな美春たちを部屋の端で眺めていた。

「あ～、おいしかった。これだけ美味しければシドニーで店が出せるな」

「そんな、大袈裟ですよ」

　うどんを食べ終わったアルフレッドの称賛に、美春は呆れて笑った。

「でも本当に今まで食べた中で一番おいしかった。マシューと美春のおかげだな」

アルフレッドの賛辞に、マシューは得意気だ。

「僕、これから毎日うどんでいい。僕が毎日作るよ」

「毎日はちょっと無理だけど、また今度みんなで作りましょう」

美春の言葉に、喜んだマシューは残りのうどんを食べると、まだ落ちきっていない粉を洗うために自室に戻った。

「マシューったら、すごく楽しかったみたい。夢中になってたね」

美春は表情を緩ませると、それを見たアルフレッドが豪快に笑う。

「そういう美春も、ほっぺに粉がついてるのに気がついてないみたいだけど」

「えっ！」

咄嗟に頬を拭うが、余計に広がってしまう。それを見たアルフレッドがますます笑いだした。

「それ以上は自分でやらないほうがいい。ほら、おいで。俺が綺麗にしてあげるから部屋に行こう」

「でも……」

その時、部屋の隅にいるキースの姿が目に入った。昼間の車の中で彼が言った言葉が気になり、そっと表情を窺う。

しかしキースは何事もなかったかのように、いつもと変わらない様子でいた。

「どうかした？」

「いえ、別に」

（私が気にし過ぎなだけなのかも）

美春はキースの様子を気にしながら、アルフレッドに連れられて食堂を後にした。


翌日――美春は体の節々が痛くて目覚めた。体が燃えるように熱く、呼吸も心なしか早くなっているようだ。

「ミハル？　大丈夫か？」

アルフレッドの声が近くからするのに、目をあけることができない。大丈夫だと伝えたいのに、うなずくことすらできなかった。

美春はすぐに自室に移されて、キースが手配してくれた医者にかかった。そのころにはプツプツとした発疹が体中に出はじめてすぐに病名が判明した。医師は美春の病名は水疱瘡だと診断し、他の人との接触を避けて安静にするように言い残して帰って行った。

アルフレッドもマシューもまだ水疱瘡を患ったことがないため、面会謝絶となり美春の看病を任されたアンナが甲斐甲斐しく世話をしていた。

通常なら二、三日で熱が下がるはずだったが、美春の症状はひどく五日目にしてようやく三十七度台にまで下がった。

「よかったですね。お熱が下がって」

美春の体を起こしながら、アンナが安心した顔を見せた。

「ありがとう、アンナのおかげです」

「お元気になられてなによりです。あ、こちらアルフレッド様からお預かりしました」

封筒を渡され、中の手紙を取り出す。

「まだ病人なんですから、ゆっくりお休みになっていてくださいね」

アンナが声をかけて部屋を出ると、美春はアルフレッドがアンナに預けたという手紙に目を通す。

【美春。この手紙を読んでいるころにはきっとずいぶん調子がよくなっていることだろうね。君が倒れている間、急遽レイヤールに戻らなくてはならなくなってしまった。急なことで、君に電話をしたけれどつながらなかったから、こんな形で知らせることになって申し訳ない。詳しいことは戻ったら説明するから、待っていて欲しい】

なにか特別な事情があったことが文面から読み取れた。

(アルフレッド、いないいんだ……)

この屋敷にいないと思うだけで心細かった。

ふと手紙に二枚目があることに気づく。めくって見ると不器用な文字で、〝美春〟と〝愛〟という漢字が記されていた。思わず笑顔になり筆跡を指でなぞると彼の思いが伝わってくるような気がする。

その手紙が美春に与えたパワーは絶大だった。落ち込んでも仕方ない、まずは病気を治すことに美春は専念することにした。


それから数日、やっと発疹がかさぶたになったころ、アルフレッドと一緒にレイヤールに戻ったはずのキースが屋敷の美春の部屋を訪ねてきた。

ちょうどアルフレッドからもらった手紙を何度目かに読んでいた美春は、椅子から飛び上がるようにして立ち上がった。

「キースさんっ！　アルも一緒ですか？」

思わず扉のところに立つキースに駆け寄った。しかしいつにもまして無表情なキースを見て、嫌な予感がした美春は浮かべていた笑みを消した。

「アルフレッド様は、こちらにはお戻りになりません」

「え？　今日は一緒じゃないってことですよね――」

「いいえ、シドニーにはもう戻らないことになったのです」

「戻らない……」

上手く理解できずに、キースの言葉を繰り返した。ショックで周りから音が消えて何も聞こえなくなる。

「どうして……理由は？　キースさん、アルからの伝言とかありませんか？」

もしかしたらキースは何か事情を聞いているかもしれない。

「いいえ。あなたは二度とアルフレッド様にお目にかかることはできません」

「——どういうこと？」

言葉は聞こえているはずなのに、意味がよくわからない。ただ美春の心はキリキリと痛みで傷ついていた。

「レイヤール王国に行けば、会えますか？」

藁にもすがる思いの美春の問いかけに、キースは無情に返した。

「アルフレッド様——いえ、殿下には二度とお目にかかれません」

「でんか？」

「はい。アルフレッド殿下は、レイヤール王国、次期国王の弟で、王位継承第三位の方ですから」

何がなんだか、それは美春がすぐに理解して受け入れられる内容ではない。

「なに言って……」

「驚かれるのも無理もないことですが、事実でございます」

困惑する美春をよそに、キースは冷静に——まるで機械のように淡々と説明を続けた。

美春の様子などまったく気にも留めていないようだ。

ふと、アルフレッドと初めて出かけたシーフードレストランで会った、教授の言葉を思い出した。確かに教授の言うとおり一国の王子ならば、身元は確かだ。

「こちらが、殿下からお預かりしてきたものです」

事情を説明した手紙に違いない。きっとアンナからもらった手紙のように温かい言葉でいっぱいのはずだ。

しかし、中身を確認した美春の指先が冷たくなっていく。

「小切手……」

そこには美春が期待していたものはなく、小切手が一枚だけ入っていた。

「それだけあれば、残りのシドニー滞在中もなんら不自由することなく暮らせるでしょう」

当然受け取ると思われていることが腹立たしい。美春は封筒ごとキースに突き返す。

「こんなもの、もらえません」

しかしキースは突き返した封筒を、もう一度美春の手に握らせた。

「受け取ってもらわなければ困ります。殿下のお立場を考えるとこのような形であなたにお願いするしかありません。これまでの方もこのくらいの金額でご納得いただきましたから」

「お願いって——口止め料ってことですか？　それに今までもこういったことがあったということですか？」

ゆっくりとうなずくキースを見て、美春の中に今まで感じたことのないような大きな怒りが込み上げてきた。アルフレッドへの真剣な思いを、彼の過去の女性たちと同じようにお金で換算されたくなかった。

「キースさんは、私が彼の不利になるようなことをするとでも思っているんですか？」

「さて、どうでしょうか。でも〝しない〟という保証はありません。アルフレッド殿下は、然るべき時期に然るべき相手と一緒になります。その際に過去のことが問題になっては困るのです」

殿下という単語を聞くたびに、美春の中でアルフレッドの存在が遠くなっていく。

これ以上話をしていても無駄だ。美春は「失礼します」と言い、キースの脇をすりぬけようとした。

「どこに行くんですか？　まだ話は終わっていません」

冷めた声に美春は足を止めた。

「アルに電話するんです。あなたのいないところで」

こんなふうに恋を終わらせるのは間違っている。

「ご自分が、殿下の将来にとって障害になるとは思わないのですか？　今回のことは殿下の意向でもあるんですよ」

「アルが？」

キースはゆっくりとうなずく。

「なにかがあってからでは遅いのです。この機会に殿下のお気持ちを汲んで身を引いてくださいませんか？」

アルフレッドがこういう終わらせ方を望んでいるという事実を、はっきりとつきつけられた。それまではなぜだかアルフレッドときちんと話をすれば、この状況は回避できると思っていた。彼は美春がピンチになると必ず現れて助けてくれていたから。

しかし今度はそうはいかないようだ。最初に差し出された小切手も、アルフレッドから預かってきたとキースははっきりと言っていた。

美春は床にペタンと座りこむ。もうどうにもならないのだろうか？　冷静に考えなくてはいけないのだろうけれど、目の前に立ちはだかるキースはそれを許してくれない。

キースは美春を立ちあがらせ、最初に座っていた椅子に座らせひと言ひと言、言い含めるように言った。

「殿下のために、この小切手を受け取ってください」

「でも、それはっ……」

それを受け取ってしまうと、本当にアルフレッドと美春の繋がりが切れてしまう。

「私は殿下にあなたと深い仲になるべきではないと再三ご忠告申し上げたのですが……。こうなることは最初から決まっていたのですから」

「それは……別れることを前提にして、アルは私とこういう関係になったということですか？」

「左様でございます。殿下が身分をずっとあなたに隠していたことがその証拠です」

キースの言う通りかもしれない。本当に美春のことを愛していたのなら、話すチャンスなど何度もあったはずだ。でもアルフレッドはそれをしなかった。

信じていた相手に裏切られた。そのことが美春の胸を深くえぐる。

「……私、また騙されたの？」

美春の小さなつぶやきは、キースには聞こえていない。悲しみで思考が停止した美春に、キースが小切手を握らせた。

「お金と時間で解決できることもありますから」

そう言い残して、部屋を出ていった。

美春はじっと手の中の小切手を見つめる。

ついこの間までは、ふたりの関係が永遠に続くものだと信じて疑わなかった。国籍も育ってきた環境も違う。それでもお互いがお互いを求めていた。少なくとも美春はそう思っていた。それなのに……。

(私はまた、都合のいい女になってしまったんだ……)

恋愛の先にある未来を見ていたのは、美春だけだったのだと確信する。

悲しみと怒りがまじりあい、悔しさで手に力が入る。強く握って皺になった紙きれの上に涙がポタポタと落ちた。それをゴミ箱に捨てると、美春は声をあげて泣き続けた。

第三章　白馬の王子様と再会しました。

「高嶺くん……、聞いてるかい？」

「あ、はい」

総務部長の問いかけにとりあえず返事をしたものの、美春の耳にはそれまでの会話はほとんど届いていなかった。

アルフレッドの突然の登場に衝撃をうけて、意識を全部もっていかれたからだ。

「よかった、快諾してくれて」

「へ？」

不用意に返事をするべきではなかった、後悔しても遅い。美春は部長の言葉に自分が先ほどから何度も生返事をしていたことに、いまさらながら気がついた。

衝撃の再会のあと詳しい話をするからと、総務部長に別室に呼び出されていた。辞令を渡されて、主な業務内容の説明を聞いている間も美春の心はここにあらずだった。

それを部長はこの辞令を彼女が受け入れたものだと解釈した。

「あの……私」

「不安だっていうことは、わかっている。けれど、ルーカスコーポレーションに買収されて社内もどんどん新しい体制になっていくんだ——」

美春の不安を拭おうと言ってくれているのかもしれないが、美春の不安の原因はそんなことではない。なんとか部長の言葉に口をはさもうとするが、いっこうにその隙は与えられなかった。

すると背後から開けていた扉をノックする音が聞こえた。

「彼女をお迎えにあがったのですが」

アルフレッドが笑顔を浮かべて立っている。ドアにもたれかかるようにしているその姿も、恐ろしくかっこよかった。

「CEO自ら御足労くださるとは……。ご連絡をいただければこちらから参りましたのに」

「気にしなくていい。社内の様子を知るのも大切なことだから」

その柔和な態度に、総務部長は感心している。昔からそうだ、この男は老若男女問わず人の心をつかむのがうまかった。そうやって近づいてきて、その笑顔のまま——。

「高嶺くん、ちゃんと挨拶をして」

嫌なことを思い出しそうになって、美春は頭を切り替えようと小さく頭を振った。

とうとう言葉を交わすときがきてしまった。どう挨拶をしてよいか迷った末、美春はこう言った。

「はじめまして。高嶺美春です」

その言葉に一瞬アルフレッドの眉がピクリと上がる。しかし、すぐに元に戻った。

「ミス・タカミネ。日本には不慣れなので〝また〟いろいろと教えてください」

「あはは。初対面の相手には〝また〟は使いませんよ」

さっそく彼に親しみを覚えたのか、総務部長がアルフレッドの言葉を訂正した。しかし美春にはわかっている。彼が美春の「はじめまして」に対して「また」という言葉をわざと使ったことを。

「それで、なにか彼女に用事があったのでは？」

総務部長が話題を変える。

「あぁ。ここに書いてある資料を今日中に用意してほしいんだ」

アルフレッドが部屋に入ってきて、美春にメモを渡す。

そのとき、ふいに彼の指先が触れた。思わず手を引っ込めてしまい、受け取るはずだったメモを落としてしまう。

「申し訳ございません」

急いで屈んでメモを拾ったが、美春は動揺していた。こんな些細なことで落ち着きを失ってしまうなんてこれから先、彼のそばできちんと勤めを全うすることができるのだろうかと。

ざわざわと粟立つ気持ちを落ち着けて、立ち上がりメモを見る。過年度のものも含めて結構な数の資料を用意しなくてはならないようだ。

「では仕事にとりかかりますので、失礼します」

とにかく今はアルフレッドから離れることにした。とりあえず距離をとることで少しは冷静になれるだろう。

美春はアルフレッドに一礼すると、彼の脇をさっとすり抜けて自分のデスクにもどった。パソコンのスリープ画面にパスワードを入れ、仕事を始めた。しかし集中する前に花菜子に捕まってしまう。

「ちょっと美春ってば。戻って来るのずっと待ってたんだよ。で、どうだった？　話をしたんでしょ。ＣＥＯと」

興味津々といった様子で、前のめりに訊かれた。

「どうって言っても……挨拶しかしてないよ」

「えー、なんかもっとあるでしょ。ほら、いろいろ聞かせてよ」

気がつけばフロアにいる人の注意がこちらに向けられている。突然現れたイケメンのＣＥＯのことは花菜子だけではなく、他の人間も興味があるのだ。

「本当に特別なことは何も話をしてないの」

「もう、つまんない。あ、それより美春が日本語教諭してたなんて初耳。どんな生徒さんを相手にしていたの？　やっぱり学生？」

（今まさに話題のＣＥＯの家庭教師もしていたなんて言うと驚く？）

一瞬そんなことが頭をよぎったが、彼について今はまだあまり話をしたくない美春は

「早速仕事を頼まれたの。ごめんね」と言って雑談を切り上げた。

「もう、やっぱりつまんない」

美春が仕事を始めたので、花菜子は諦めて唇を尖らせながら自席に戻る。美春はほっとして、とりあえず依頼された仕事をこなしていった。


過年度の資料がなかなか見つからず、結局資料室から探し出しデータ化するのに時間がかかった。時刻は十五時、美春はアルフレッドのいる部屋へ電話をかけた。

彼は日本に滞在中は、急ごしらえで作られたCEO室で仕事をしている。

「はい」

電話に出た相手の声を聞いて、自然と受話器を持つ手に力がこもる。相手はキースだ。アルフレッドが直接電話に出ないことくらいは予想できたはずなのに、予想外の、そしてできれば避けたい人物が出てきたので焦る。

「あの……高嶺です。CEOに依頼されていた資料を揃えました。そちらにお持ちしてもよろしいでしょうか？」

辞令を受けて補佐につくことになったが、まだCEOのスケジュールさえ把握していない。だからいちいちこうやって自分のボスの元を訪れるタイミングの確認をしなくてはならない。

「わざわざお持ちいただかなくても、私宛にメールで提出していただいて結構ですよ。ミス・タカミネも今日は引継ぎなどお忙しいでしょうから」

こちらを気遣っての言葉に聞こえる。しかしそこに冷淡さを感じてしまうのは美春の思い過ごしなのだろうか。

「わかりました。そのようにいたします」

アルフレッドに会わなくて済むことになってほっとするはずなのに、なぜかキースに冷たくあしらわれたことを残念に思う。

美春はデータをメールに添付して送信すると、明日からの業務に備えて簡単な引継ぎを行った。とはいっても、急な話ですぐに仕事を完全に引き継げるわけではない。当分の間、美春は経理課とアルフレッドの補佐という二足の草鞋（わらじ）を履くことになる。想像しただけでも気が滅入る。

あのオーストラリアでの日々が思い出されるのは容易に想像できた。そしてそれは今の美春に動揺と悲しみを与えるのだ。

悲しみでいっぱいのまま帰国し、今の仕事に打ち込むことでやっと負の感情から逃れることができた。この三年間で自分はもう大丈夫だと思っていたのにそれはただの思い込みだったようだ。

仕事をこなしながらも、感情の整理ができずにいた。

パソコンから〝ピッ〟とエラー音がして我に返る。今日はこれでいったい何度目だろうか。ため息をついて時計を見ると二十時を過ぎていた。一度伸びをして、作業に戻ろうとしたときに美春のデスクの電話が鳴った。

「はい、経理課高嶺です」

『まだ経理課って名乗っているのは、俺の下で働くのが嫌だから？』

「……いえ。……そういうわけでは」

名前を名乗らなくても、相手が誰だかすぐにわかってしまう。

『そうならいいけど。ところで今日揃えてもらった資料なんだけど、四枚目について少しわかりづらいんだが』

他のものに関しては英語の資料を準備していたが、四枚目に関しては日本語での資料だ。流暢な日本語を話していたので大丈夫かと思い、特に気にせずに日本語のまま渡してしまったのは、美春のミスだ。

「申し訳ありません。明日、英文のものをご用意いたします」

『いや、わかりづらい箇所は数か所だから、そのためにわざわざ時間をさく必要もない。それに今すぐ確認したいから悪いがすぐにこちらにきて、少し手伝ってもらえないか？』

「はい。ではすぐにそちらに参ります」

『部屋番号は――』

「あ、え？」

ＣＥＯ室ではなく彼が日本滞在中に宿泊しているスイートルームの部屋番号が伝えられ、戸惑いながらも手は部屋番号をメモしていた。そして美春が口を開こうとした瞬間、通話が途切れた。

（部屋って……まさかふたりっきりじゃないよね？）

少し不安にはなったけれど、ぐずぐずしてはいられない。美春はすぐに指定された部屋に向かった。

高速のエレベーターを使ってたどり着いた先は、ロイヤルスイートルームのあるフロアだ。指定された部屋の前にたち、ドアベルを鳴らそうと伸ばした手が止まる。

（勢いでここまできてしまったけれど、この先にアルがいるんだ）

そう思うと緊張から、手にじわりと汗が滲んだ。「これは仕事だから」と自分に言い聞かせた美春は、勢いをつけてドアベルを押した。

「はい」

すぐに声が聞こえて、扉が開いた。そしてそこには、あの頃と変わらない笑顔を浮かべたアルフレッドが立っていた。

「待ってたよ。入って」

「はい」

自然に中に迎え入れられ、デスクに向かうアルフレッドについていく。日本に滞在している間は、ここが彼の拠点となるのだ。

プライベートな空間だからかスーツの上着を脱ぎ、ネクタイをはずしてシャツのボタンをいくつか開けていた。

「さっそくなんだけど、この部分なんだが」

資料を見ると、日本語の下に英語の単語が書かれた箇所がたくさんある。ずいぶん細かいところまで読み込んでいるようだった．

「あ、これは確かにあまり耳慣れない言葉でしょうね」

美春が英語で説明をすると、納得したように顔を輝かせた。

「ありがとう。日本語はだいぶ話せるようになったけど、読むのはまだまだだから――実は三年前に優秀な家庭教師に逃げられてね」

彼が誰のことを言っているのかは、鈍い美春にもわかった。しかし、その言い分には納得できない。

あのときキースの話を聞くまでは、美春は彼が戻ってくるのを待つつもりだった。

「逃げられたっておっしゃいますが、何か逃げられるようなことをしたんじゃないですか？」

悔しくて今や自分の上司となった相手に、嫌味をぶつけた。上司に対してあるまじき行為だということは美春にもよくわかっている。けれど感情が揺さぶられてコントロールできなかった。

しかし不敵な笑みを浮かべたアルフレッドを見て、美春は自分の先ほどの発言を後悔した。けれどももう遅い。彼は椅子から素早く立ちあがると、美春の前に立ち、至近距離から彼女を見下ろしていた。

「〝逃げられるようなこと〟って、こういうこと?」

ぐいっと手を引かれて、屈んだ彼に掬われるように唇を奪われた。

「やっ……んっ……ふ」

触れるだけで終わらないキスに、抗おうと彼の体を力いっぱい押した。しかし、そんな美春の抵抗などものともせずに、アルフレッドは強引なキスを続けた。

そのキスが美春の甘美な記憶を呼び覚ましていく。消えてなくなったと思っていたその記憶は、体の奥底に眠っていただけだった。

(いけない……こんなこと、いけないのにっ)

頭では必死で抵抗する。けれど体の力は抜けいつしか美春は彼のキスに応えていた。それは短い時間だったが、アルフレッドが美春に教え込んだキスそのものだった。

美春の髪に差し込まれた手が、髪をかき乱す。それと同時に彼女の心もどうしようもないほど乱された。

彼の大きな手が髪から、耳、頬、首筋……と、順を追って移動する。それを追いかけるようにして唇が這う。

「ん……ダメなのに。こんな……ことっ」

なんとか理性を保とうと、言葉だけの抵抗をみせる。しかしそんな美春を彼はからかうようにして笑った。

「ダメって、こういうときに使う日本語だったか? 俺の感触じゃミハルの体は全然拒否

してないように思うけど」

その通り、美春は彼を受け入れていた。それどころか当時と同じ声で「ミハル」と呼ばれたことでスイッチが入り、喜びが湧き上がってくる。

（どうしよう、どうしたらいいの……？）

問いかけたところで、答えなど出るはずはない。しかしそれほど美春は自分自身の心も体も制御できずに、彼の腕のなかで途方にくれていた。

またあの時のように辛い思いをするのは目に見えている。しかし彼の手に触れられると、悲しみと同時にあの時に感じていた喜びもよみがえってくるのだ。

彼の手が美春の体のラインをなぞる。甘美な感覚が全身を駆けめぐり始めたとき、コンコンと現実世界へふたりを連れ戻すノックの音が聞こえた。

我に返った美春は、とっさにアルフレッドを突き放す。そして乱れた髪とスーツを整えると「失礼します」と彼の顔も見ずに告げ、開いたドアから廊下へ出る。

「ミス・タカミネ？」

ノックの主キースに声をかけられたが、先ほどの行為で乱れた姿を見られたくなかったので、軽く会釈をすると素早く彼の脇をすり抜けた。

感覚がなくなるほど激しくキスされた唇から、罪悪感が生まれる。

（またあのときと同じことを繰り返すつもり？）

自分を戒めながらも、まだ体に残る彼の感覚に美春は気が狂いそうだった。

＊　＊　＊

「クソっ……」

アルフレッドは舌打ちをしてソファに倒れこむようにして座る。そして美春と入れ替わりにやってきた、いつも通り表情の読めない顔をしたキースを見て、もう一度舌打ちをした。

「どうやらお取り込み中のようでしたね」

「わかってるなら、部屋に入ってくるな」

睨みつけたところでどこ吹く風といった表情を見せられて、余計に腹が立つ。

「いえ、まさか私の尊敬する主が遠い昔、手切れ金を受け取った相手と再会した途端、不埒なことをするなどとは、到底思いもよりませんでした。大変失礼しました……昔あのような形で別れた相手に、まさか……」

「もういい、用件を言ってさっさと出て行け」

昔から嫌味な奴だとわかってはいたが、こんな気分のときに真面目に相手をしたくない。アルフレッドは一刻も早くキースから解放されたくて、先を急かした。

「こちら報告書です。やはり大きな金額の使途不明金が動いていますね。それもここ一年の範囲でかなり大きな金額が動くようになってきています」

「そうか」

　さっきとは部屋の空気が変わる。受け取った報告書を真剣に目で追うととある人物の名前が記されていた。

「やはりこれは、間違いないのか」

「はい、私も確認をとりましたので間違いはないかと。それにしても、このように少し調べればわかるような形で証拠を残していくでしょうか？」

　キースの言っていることはもっともだった。

「引き続き調査を頼む。どのルートで最終的に金が流れているのかつかんでほしい。この話が表に出る前に」

「おおせのままに」

　美しい所作で頭を下げると、キースは部屋を出ようと扉に向かう。しかし次の瞬間、足を止めてソファに深くもたれているアルフレッドを振り返った。

「まだ何かあるのか？」

　疲れから早くひとりになりたいと思っていたアルフレッドは、足を止めたキースに眉根を寄せた。

「あ、いえ。今からおひとりでご自分を慰めるのかと思うと不憫だなぁと」

「うるさい。さっさと出て行けっ！」

　手元にあったクッションを思いっきり投げつけたが、それをひらりとかわすとキースはその場を後にした。

（いったい誰のせいだっ！）

腹立ちまぎれに、ソファに横になる。しばし天井を見つめたあと深く息を吐き目をつむった。

脳裏によみがえるのは今日再会したばかりの——美春の顔だった。

三年前に別れたころよりも、少しやせたように思う。そして何よりもあの時のように屈託のない笑顔を見せてくれないのが寂しい。

それも仕方のないことなのかもしれない。三年前に手切れ金を受け取って別れた相手が自分の上司として現れたのだ。警戒していても仕方ない、彼女には忘れてしまいたい過去なのだろう。

それなのに我慢できずに彼女を呼び付けて、唇を奪った。あの時キースがここに来ていなければ、もっと先まで強引に進んでいたかもしれない。

「何をやってるんだ……」

小さくつぶやきため息を吐いて、自分を戒めた。

翌日、警戒した表情で目の前に現れた美春を見て、アルフレッドは昨日の自分の行動を責めた。しかしそんなことをしても何にもならないと思い、まずは彼女に謝罪することから始める。

ＣＥＯ室のデスクの前で、こちらと目を合わせようとしない美春に向かって言葉をかけた。

「昨日はすまなかった」

「えっ？」

彼女が驚いた顔をした。一瞬見せたその表情が昔の彼女を思わせて、逆にこちらが驚いてしまう。しかし彼女が警戒を解いたように見えたのはその一瞬だけだった。

「今後あのようなことはしない。――君が許してくれるまでは」

アルフレッドの最後の言葉に美春が動揺した様子を見せた。そしてほんの少し唇をとがらせ、不満をあらわにした。それは他の人ではわからないかもしれないが、濃密な時間を過ごした経験のあるアルフレッドにはわかる。

「では、未来永劫そのようなことになることは、ありえませんね。私が許すことは今後一切ありえませんから」

はっきりと拒絶されてしまい、苦笑が漏れてしまう。正義感の強い美春らしい。笑いを漏らしたアルフレッドを鋭い目で睨んだ。

しかし、アルフレッドはそんなふうに言われると、ますますからかいたくなってしまう。悪い癖だ。

「そうかな？　じゃあ俺は君に欲しがってもらえるように全力でいくことにするよ」

「何を――」

「おっと、悪いけどすぐに重役会議があるんだ。頼んでおいた資料を置いて、君は経理課のデスクから荷物を持ってこちらに移動してきて」

「え？　どうしてですか？」

「どうしてって、俺のサポートをするんだから、いつも側にいてくれないと困る。さぁ、時間がないんだ。早くして」

　美春の反論など一切聞く耳を持たないといった様子で、アルフレッドが仕事を始めた。美春は何か言いたそうにしていたが諦めた様子で、手に持っていた資料を置き、一礼をして部屋から出ていった。

*　*　*

「なんなの……一体」

　廊下を歩きながら美春はひとりブツブツと文句を言う。そうでもしないとやり場のない思いが溢れてしまいそうだったからだ。

「何が『君が許してくれるまでは』よ。そんなことあるはずないじゃない」

　そう言ってはみたものの、昨日のあのキスを思い出してしまうと、途端に決意が揺らぎそうになる。あのとき間違いなく美春はアルフレッドのキスを受け入れていた。もしキースが部屋に入ってこなかったら……。その先に起こったかもしれないことを想像しひとり赤面した。

しかしそれと同時に、少しでも期待をしてしまった自分を戒める。三年前と状況はなにも変わっていない。彼は王子なのだ。身分の違う相手に思いを募らせても、また同じ理由で傷つくのは目に見えている。

オーストラリアから帰国後、なるべくレイヤール王国や王族の話は聞かないようにしてきた。しかし時折伝え聞くニュースで知ったことは、あのとき次期国王であるアルフレッドの兄が交通事故に遭い、長い間リハビリ生活をしていたということ。その間公務の代わりを果たしたのはアルフレッドだったのだ。

その状況ならば別れを切りだされても仕方なかったのかもしれない。けれど別れるにしてもやり方というものがあるだろう。人伝てに小切手を渡すなどというのはいくらなんでもひどい。本命でなかったと冷たく切り捨てられたように感じ、美春はそれが今でも許せなかった。

当時の怒りがふつふつとよみがえってきた。それを振り切るように廊下を歩く足を速めた。

その日美春のデスクが、ＣＥＯ室にも用意された。花菜子はうらやましがり「遊びに行くから」と言っていたが、誰でも簡単に出入りできる部屋ではない。

これから先は、経理課とＣＥＯ室を行き来しながら、それぞれの仕事を兼務することになる。考えただけでも目の回る忙しさだ。

そしてこれから先、アルフレッドと多くの時間を過ごすと思うと、仕事よりもそちらの方が気が重かった。

荷物を持ち十五階にあるＣＥＯ室の扉の前に行くと、足で段ボールを支え深呼吸をしてノックをする。返事が聞こえてきたので、扉を開けようとすると中から開いた。

その先にいたのは笑顔のアルフレッドだった。

「ようこそ」

「あの、これからよろしくお願いします」

頭を下げると段ボールにぶつけそうになる。それをアルフレッドが持ち上げた。

「あ、自分でやりますから」

上司に私物を持たせるわけにはいかない。

「たとえ部下でも女性に荷物を持たせるような教育は受けていないんだ。俺の秘書なら慣れてくれ」

それがここのルールだというのなら「はい」と言って従うしかない。美春はデスクまで荷物を運んでくれた彼にお礼を言って、早く仕事に取りかかれるように荷物の片づけをした。

「あの、キースさんはどちらにいらっしゃいますか？」

「ん？　ちょっと出てる。何、俺とふたりだと不安？」

昨日のことをからかっているのだ。美春は何事もなかったかのようにすました顔をした。

「いえ、私の業務内容について何おうと思っただけです」

「そんなことなら、俺に聞けばいいのに。君は俺の補佐……と言っても指示はキースから受けることもある。基本的にふたりの至らない点を補ってもらえればいいから」

たしかに総務部長からもそのような説明を受けた。しかしそうであれば、他の社員でもよかったのではないかと美春は不思議に思う。

「とにかく頑張って。結構ハードだと思うから」

その言葉が嘘ではなかったと、美春はその日にすぐ実感することになった。

CEOであるアルフレッドの日常は常に分刻みのスケジュールで動いている。大まかな管理はキースが行っているが、細やかな資料の準備や社内の人との調整は美春がやることが多かった。どうしても日本語でのやりとりも増えるためだ。

というのが表向きだが、アルフレッドもキースも三年前よりも格段に日本語がうまくなっている。こと会話においては困ることはない。

美春は部屋でひとりパソコンに向かいながら、どうして自分がアルフレッドの秘書になったのかを考えていた。

「考えごとですか？　ずいぶんのんびりされているようですが、頼んでおいた資料は準備できましたか？」

「ひっ！」

驚きで思わず変な声が出た。これまでＣＥＯ室には美春ひとりだったのにいつのまにかキースが目の前に立っていたのだ。

「頼まれていた資料はすでに、デスクに置いてあります」

「結構です。で、何をそんな難しい顔で考えていたのですか？」

美春は以前からキースのことが苦手だった。もともと表情が読めないところがあったが、あの日以降は特に彼が目の前にいるとどうしても委縮してしまう。押しつけられたとはいえ、小切手を受け取ってしまったことでその程度の人物だと見下されているような気がしてならないのだ。

しかしキースなら美春の疑問を解決してくれるかもしれないと思い、聞いてみる。

「どうして……私がＣＥＯの秘書に抜擢されたのですか？　他にも適任がいたはずです」

業種が業種なだけに英語が堪能なのは、ひとりやふたりではない。帰国子女だって社内にはゴロゴロしているし、ホテルに関することなら、会社の上層部の人間の方が詳しい。

「殿下の近くに素性のわからない人間を置きたくないからです。あなたなら殿下の性格も把握しているでしょうし、口も堅い。この三年、あなたが発信元だと思われる殿下のスキャンダルになるような記事は一度もありませんでしたからね」

「私がマスコミにネタを持ち込むと思っていたんですか？」

三年前の痛みがよみがえる。

「まあ、ないとは言いきれませんよね。過去に手切れ金を受け取ったにも関わらず殿下のスキャンダルをマスコミに流した方もいらっしゃいましたから」

「そんな女性と一緒にしないでください」

「はい。だからあなたにはもう一度殿下の近くで働いてもらうことにしたんです。もう三年も経っていればわだかまりもないでしょう」

さも当たり前のように言われてしまった。美春のなかではまだ痛みが消えていないというのに。彼らに再会して過去に戻ってしまったような気さえしている。

アルフレッドもキースもふたりとも、上司と部下という新たな関係を築こうとしている。立ちどまっているのは美春だけだ。

「そうですね。三年前のことなどすっかり忘れてしまいましたから」

「それは結構です。では目の前の仕事をさっさと片付けてください」

いちいち癇に障る言い方をするキースに「はい」とだけ短く返事をして美春は仕事に集中することにした。


最初こそ急な人事に不満を抱いていた美春だったが、アルフレッドと仕事をやっていくうちにそれもだんだん解消された。

以前に比べて臨機応変に対応しなくてはいけないことがほとんどで、小さな失敗もあったがやりがいのある仕事だった。オーストラリア時代に彼の論文の手伝いを行っていたときのようにふたりの呼吸はすぐにマッチし、仕事上ではよいパートナーになりつつあった。それにつれてアルフレッドの本来の性格も手伝い、お互いの関係は再会した当初に比べてスムーズになっていた。

「戻りました」

　他部署での用事をすませて、部屋に戻った美春が声をかけるとアルフレッドとキースはサッと会話を終わらせた。以前からこういったことがあったが最近その頻度が増えてきた。アルフレッドの元に資料を届ける。

「ミス・タカミネ。これは真剣な話だから、真剣に答えて――コスプレについてどう思う？」

「はぁ？　……何を言って」

「昨日ふと思いついたんだ。日本にはコスプレという素晴らしい文化があるらしいじゃないか、それを我がレイヤールのホテルにも取り入れて」

「コスプレは文化ではありませんし、そんなことについて業務時間中に真剣に話をしていたんですか？」

　話の内容に呆れた美春は、時計を見て昼休憩の時間になっていることに気が付いた。

「私はその手の話には詳しくありませんので、お昼にいってきます」

（もう、真剣に仕事をしてると思ったのに）

　廊下に出る直前にもう一度ふたりを見ると、先ほど一度緩んだはずの空気が一瞬にして張り詰めていた。

その様子から軽くあしらわれたような気がする。心中はモヤモヤしていたが花菜子を誘い食堂へ向かった。

昼時の社員食堂はにぎわっていた。接客業の特色として社員によって休憩時間はまちまちだったが、この時間が一番利用者が多い。花菜子と一緒に食券を買って並ぶ。

「なんだか、麺類が増えた気がするんだけど？」

久しぶりに来たら、メニューが一新されていて驚いた。

「美春、ここに来るの久しぶりだもんね。ほら、その理由がわかるわよ」

花菜子の視線を追っていくと、食堂の入口に先ほどまでＣＥＯ室にいたアルフレッドとキースが現れた。他の社員と同じように食券を買って並ぶ。

「うそ。ＣＥＯって食堂を使ってたの？」

「美春ったら、それでも彼の秘書なの？　会食がないときはよくここを利用しているわよ。もっぱら頼むのはうどんだけどね」

美春は普段はお弁当を持参しているので、社員食堂を使うことはあまりなかった。ときおり今日のように花菜子と約束をして利用するがそれも一ヶ月に一度くらいだ。

差し出された本日の定食の皿を受け取り、ふたりは窓際の席に着いた。その間も美春の視線は他の社員同様アルフレッドを捉えていた。

早速手を合わせて食事に取りかかる。話題はもっぱらアルフレッドについてだ。

「ねぇ、毎日あんなイケメン眺めてて、好きになっちゃわないの？」

「ちょ、ちょっといきなり何言い出すの？」

突拍子のなさは花菜子の性格なのだが、驚かずにはいられない。

「どうして急にそんな話になるの？」

「だって、あの顔なのに性格は飾らない感じでしょう？　それにうどんが好きだなんて案外庶民派だし。女子社員の中にはリアル王子様に少しでも近づきたいと思っている子がたくさんいるんだよ」

それくらいは知っている。アルフレッドは瞬く間に社員の心をつかんでしまった。重役を始め社員はもちろん、清掃などの出入り業者にまで好感度は老若男女を問わず高い。美春もそれは認めている。仕事のスピードも速く、決断力もある。生まれながらにして人の上に立ってきた人間の良い面を遺憾なく発揮している。

美春自身も他の社員同様、彼の能力の高さには感心していた。いや、近くにいるぶん他の社員よりもその気持ちは強いのかもしれない。

「くだらないこと言ってないで、早く食べないと時間がなくなっちゃうよ」

「あ、本当だ。でも、彼を目の前にしたら食事が喉を通らないかも」

「彼ってもしかして、花菜子ってばＣＥＯのこと……」

美春の胸に小さな痛みが走る。

しかし花菜子はすぐに、顔の前で大きく手を振って否定した。

「違う、違う。私が好きなのはキース様よ。私にとっては彼のほうがよっぽど王子様に見えるわ」

「え、うそ」

花菜子の否定に安堵したあと、彼女が思いを寄せる相手がまさかのキースだったことに驚く。

「うそじゃないわよ。だってあの均整の取れた顔だちに、寸分の狂いもない身だしなみ。身のこなしも優雅で、思わず見とれちゃう。それになんといってもあのクールなまなざしよ。あの目が私を見るときだけ熱くなるなんて想像したら……もう私、鼻血が出ちゃいそう」

美春にはまったく理解できないが、花菜子はどうやら本気らしい。頬を高揚させたまま、キースを見てうっとりしていた。

「そう……でも、彼は簡単に恋愛するようなタイプじゃないと思うんだけど」

キースの恋愛など想像したこともなかった。結婚するにしてもお見合いで条件のあった相手を迷わず選びそうだ。

「そんなの、やってみなくちゃわからないじゃない。ねぇ、美春。ちょっと協力してよ。迷惑はかけないから」

そもそも美春はキースが苦手だ。そんな相手との橋渡しなど迷惑以外の何ものでもないのだが、こう熱心に頼みこまれると断れそうにない。

「約束はできない。でももし何かチャンスがあれば花菜子に連絡するから」

「わー！　ありがとう。美春大好き」

そう言うと花菜子は「相談したらお腹空いた」と言って猛烈な勢いで箸を動かして食べ始めた。

そしてあっと言う間に平らげると、ふと思い出したのか笑顔から一変顔を曇らせた。

「それはそうと、あの男からまだ連絡あるの？」

嫌なことを思い出してしまい、美春は箸を置いて首を振った。

花菜子がいう「あの男」とは、カメリアホテルの担当税理士だ。経理課によく出入りしていて顔見知りの彼は、美春によく言い寄ってきていた。

「経理課にいる時間も少なくなったし、そうそう顔を合わせる機会はないと思うんだけど」

「そう。だったら、いいけど。あの人、なんだかチャラい人だよね。私あんまり好きになれないな。昨日来てたんだけど、美春のこといろいろ聞かれちゃった。とりあえず、CEOの秘書の仕事が忙しいとだけ教えといたよ」

その顧問税理士の中西とは、経理部長の紹介で親睦会で一度飲んだ。その後何度か食事に誘われたが、美春はどれも断っていたのだ。正直異動になってほっとした。

「さっさと彼氏を作らないから、変な男に狙われるんだよ。気になる人や好きな人はいないの？」

ふと視線がアルフレッドを捉えた。しかしそれを振り切るように苦笑いを浮かべる。

「新しい業務に必死で、それどころじゃないよ。私、昼休み中にやっておきたい仕事があるから先に行くね」

「あ、うん」

席を立った美春は自分に言い聞かせた。今は仕事が大切で、それ以外のことは考えている暇はないと。

裏をかえせば自分に言い聞かせなくてはいけないほど、心の中でアルフレッドの存在が大きくなっていたのだ。


世間では夏休みの話で盛り上がる八月。

ホテル業界はかきいれどきで、目の回る忙しさだ。そんなとき美春がずっと会いたいと思っていた人物がオーストラリアから帰国した。由美子だ。

由美子はサミュエルとそのままゴールインし、今もシドニーに住んでいる。帰国も久しぶりのことだが、わざわざ美春に会いにきてくれた。

職場近くのスペイン・バルで落ち合い、食事をとることにした。

「由美子ー！」

店内に入るとすぐに由美子を見つけた美春は、思わず声をあげて駆け寄った。彼女と会うのは失意のままオーストラリアを出国して以来だ。

「美春！　元気そうだね。でも少しやせたかも」

「そう？　だったら、うれしいんだけど」

「ほら座って、乾杯しよう」

ふたりはサングリアで乾杯をして、まずはお互いの近況報告をした。しかし話はすぐに本題に入る。

「で、アルフレッドとはどうなの？」

「うん……」

由美子が聞きたかったのは結局のところ、アルフレッドのことだ。誰にも相談できず結局、由美子に頼ってしまった。美春もまさか由美子が帰国するとは思ってもみなかったのだが、今の美春にはとてもありがたいことだった。

「何とかやってるけど、正直戸惑うことも多くて」

「無理もないよ。あんな別れ方したんだもん」

由美子には唯一アルフレッドとのことを話していた。

「それがね、もっとギクシャクするもんだと思っていたのに、案外そうでもなくて。そんな自分にも驚いているというかなんというか」

自分でも理解できない自身の気持ちを、由美子にぶつけてみる。

「美春の中で、彼に対して恨みとか憎しみみたいなのはないわけ？」

そういった感情はむしろ少ないように思う。再会を果たす前の方が、彼に対する負の感情が大きかった。

首を振る美春を見て、由美子は何かを考え込んだ。

「戸惑っている理由は、そういう怒りとかの感情がないことに対してなのね？　彼を受け入れてしまっている自分がわからないと……」

全くその通りだ。美春はうなずくとサングリアを一口飲んだ。

「あんなに、辛い思いをして二度と会いたくないって思って、テレビでもネットでも雑誌でもレイヤール王国に関することは極力シャットアウトしていたのに、いざ本人が現れて、気がついたら彼のペースでシドニーで過ごした時間となんら変わらないような気さえしてくるの」

それが決して良いことだとは思えない美春は、顔を曇らせる。

「向こうも、美春を秘書に指名するくらいだから、わだかまりはないみたいだよね」

「それはどうかわからない。でも彼の身分のこともあってあまり知らない人を近づけたくないっていう思惑もあるって、私はキースさんから聞かされたの」

由美子はサングリアのおかわりを注文して、話を続けた。

「まぁ、それはわからないでもないけど……。でも向こうも綺麗さっぱり別れた相手をまた近くにおこうと思うかなぁ？　私だったらいくら理由があったとしてもヤダな」

美春も由美子の意見に納得だ。

「じゃあどうして、アルは私を秘書にしたんだろう？」

美春は手元のグラスを眺めため息をついた。

「それは私に訊いてもわからないわよ。彼に訊かないと。美春はね、いつも肝心なことを訊かないでしょ？　そうやって逃げて今までいいことあったの？」

彼氏の裏切りでそれを忘れるためにオーストラリアに向かった。そしてそこでもいろいろなことに目を逸らして、日本に逃げ帰った。思い返してみると自分でも情けない。

「ごめんね、きついこと言って。でも、美春が前に進むためにもきちんとあの時の話をアルフレッドとするべきだと思うよ」

このモヤモヤした感情を解消するためには、それしかないのかもしれない。けれど、もしまた傷つくようなことがあったら、二度同じ相手に傷つけられたら、今度こそ立ち直れる気がしない。

「そうだね……」

煮え切らない返事しかできない美春の背中を、ポンっと由美子が励ますように叩いた。

「そうは言っても、簡単じゃないこともわかってるから。何かあれば話は聞くからね、とりあえず今日は目いっぱい飲んで食べよう」

「うん。じゃあ、何か追加で注文しようか？」

メニューをふたりで覗きこんだ。結局悩みが解決したわけではない。でも、どうするべきなのかはわかった。あとは実行するだけだ、しかしそれが一番難しいということも美春はわかっていた。

ただ今は、自分のためにオーストラリアから駆けつけてきた友人と楽しい時間を過ごすことだけを考えようと思った。

翌日、いつもどおりアルフレッドの指示に従い仕事をしていた。しかし、不明点がでてきて、相談することにする。

「今、お時間よろしいでしょうか？」

「あぁ」

読んでいた資料から顔を上げて、目が合った。ただそれだけなのに、昨日由美子と別れてからずっとアルフレッドの事を考えていた美春は、ドキッとしてしまう。

「どうかした？」

「いえ。こちらなんですけど……」

(何、ぼーっとしてるの！　しっかりしないと)

美春は自分を叱咤して、仕事に集中した。

的確なアドバイスをもらった後、ふと彼のデスクにある写真が目に入る。そこには美春の知っている人物が映っていた。

「これ……マシューですか？」

「あぁ。そうだ」

そこには、美春が知っているマシューよりも大きくなった彼がいた。懐かしくなってつい写真を見つめてしまう。

「マシューは、あの時作ったTシャツ、小さくなって着られなくなった今でも、大切にしているぞ」

「それって、習字のですか？」

「あぁ。そうだ」

あのときの光景が脳裏に浮んだ。手や顔を汚しながら、三人で筆を握った。時に真剣に、そして楽しみながらその場にいた全員が心から笑っていた。

それを思い出して、胸の中が暖かくなる。

「あれ、楽しかったな」

ふとアルフレッドが漏らした言葉に、美春はハッとした。

「覚えて……らっしゃるんですか？」

「忘れるわけない。マシューにとっていい思い出だったのと同様、俺にとってもすばらしい経験だった」

それは美春とて同様だ。

「そうですね、あの頃は——本当に楽しかった」

美春にとっては、人生で最も輝いていた時間だ。

それっきり何も言わず、ふたりはマシューの写真を見つめていた。

自分にとって大切な思い出を、同じようにアルフレッドも大切に思ってくれている。そのことがとてもうれしく思えて、胸が温かくなった。

思わずアルフレッドに視線を向けると、あの頃美春を見つめていたのと同じように、温かく優しいまなざしを、美春に向けていた。

その視線を受け止めて、胸がトクトクと音を立て始める。

(ダメなのに、こんな気持ちは、また自分が苦しくなるだけなのに)

それでも、ときめく気持ちを止められない。

――プルルル。

そのとき、電話が鳴り現実に引き戻された。受話器を上げて、電話に応える。しかしそうしている間も、高鳴った胸はなかなか収まってくれなかった。


その二日後、ランチを終えた頃、スマートフォンにメールが届いていることに気がついた。

差出人は由美子で、急遽サミュエルの仕事の都合で今日の夜の便でシドニーに戻ることになったと書かれていた。

CEO室には誰もおらず、急いで電話をかけると由美子はすぐに応答した。

「もしもし、メール見たよ。ずいぶん急なんだね」

『そうなの。仕方がないとはいえ、もう一度会いたかったな。いろいろまだ心配だし』

「大丈夫。相談にのってもらえてなんだか前向きになれたから、心配しないで。間に合えば見送りに行きたいけど、今日は仕事だからちょっと無理かも……」

デスクの上の書類を目にして、見送りの時間に間に合うように終えるのは難しいと判断する。

『今度は美春がシドニーに来て』

「それ、いいかもしれない。カメリアホテルなら社員割引がきくから」

名残惜しかったが、午後の始業時間がきてしまった。美春は電話を切ると午後の業務に取り掛かる。

一刻も早く仕事を終わらせて、由美子の元に駆けつけたい。それなのにこんな日に限ってトラブルや急ぎの仕事が入り、まったく仕事が進まない。

そしてことあるごとに時計を確認してしまい、余計に焦ってしまうという悪循環だ。経理課のときならば、数人で仕事を分担していたのでよっぽどのことがなければ他の人に代わってもらえた。しかし今は忙しいアルフレッドをキースとふたりで支えている状態だ。美春だけ甘えるわけにはいかない。

(今回は諦めるしかないな……)

深いため息をついた瞬間、デスクをトントンと叩かれ顔を上げた。

「……どうかされましたか？」

そこにはアルフレッドが立っていた。

「どうかされましたか？　じゃないだろう。ミス・タカミネ」

顔を覗きこむように見つめられ、距離が近づく。

「あの、何か不都合がございましたか？」

今日の自分の集中力のなさには自覚があったので、何か問題が起きたのかと不安になる。

「不都合があるのは、俺じゃなくて君だろう？　午後からずっと時計を気にしているじゃないか」

「ご存じだったんですか？」

「あれだけ露骨にされちゃね。いつも仕事中は冷静な君が落ち着きもなかったし」

理由を話さなければ、この話は終わらないだろう。美春はシドニーからきてくれていた由美子が急遽帰国することになったと伝えた。

アルフレッドも彼女とはシドニー時代に懇意にしていただけあって、美春と彼女の関係がどれほど親密かを理解していた。

「あの、でも間に合わない時間になったのでここからは今日の分の仕事を取り戻すために集中しますから」

美春はそう言って、資料の山に手を伸ばす。そんな美春を見たアルフレッドは「ふーん」とだけ呟くとそのまま部屋を出ていった。

しつこく理由を聞いてきたのに、ずいぶん反応が薄いと思った。けれどアルフレッドにとっては由美子も過去の知人程度なのだ、それが普通なのだろう。

なんとなくがっかりした——。

そんな自分が彼にまだ何かを期待しているようで、嫌になる。気持ちを切り替えて仕事に取り掛かろうとした。

　しかし、今度は「少し御時間よろしいでしょうか？」とキースが美春のデスクの前に立った。

「はい」

　あらたまった態度に、自分がまた何か重大なミスでもおかしたのではないかと心配になる。しかし話題は思いもよらないものだった。

「あなたは現在、殿下の事をどう思っていらっしゃいますか？」

「それは、どういう意味でしょうか？」

　もしかして、さっきの気持ちが表に出てしまっていたのだろうか。美春は心配になり質問に質問で返した。

「ただの興味本位……ではないです。三年前に手切れ金を受け取った相手との仕事をよくお引き受けになったと不思議なのです。イヤがるどころか、楽しそうにさえ見える」

（自分たちがそう仕向けておいてよく言うわ）

　むっとした顔をしても、キースはまったく気にしていないようだ。

「どうして今さらそんな話を？　もう過去のことじゃないですか」

　仕事を再開しようとした美春に、キースが驚くべき事を告げた。

「あの小切手は、アルフレッド殿下がご準備されたものではありません。私が独断であなたに手渡したのです」

「うそ……でしょう？」

あまりに驚いて、それ以上の言葉が出てこない。

「あのとき、レイヤール王国の内情はかなり危険なものでした。お兄様で王位継承権第一位のレイモンド様のご容態は芳しくなく、どうしてもアルフレッド殿下のお力が必要だったのです。しかるべき令嬢との縁談の話もありましたし。そのために私の判断であなたには、彼の人生から消えていただきました」

「なんて酷いことっ！」

怒りで思わず椅子から立ち上がり、声を荒らげてキースを睨みつける。悔しくて涙が滲んでくる。しかしキースはいつもと変わらずあくまでも冷静だ。

「私は今でも間違った事をしたとは思っていません。しかし殿下とあなたが再会した今、それを話さないことはフェアではないと思い、お伝えしました」

「今さら……どうなるっていうの？　もうあのときには戻れないのに」

(どうせなら、知りたくなかった)

あのときの別れがたとえアルフレッドの意思でないにしても、彼が王子であるということには変りない。もしあのままつき合っていたとしても、彼の立場から考えれば、いつか三年前のように別れるときが来てもおかしくない。

王子とそれも国籍の違う庶民が、将来を誓うことなどできない。それぐらいは美春も理解していた。

それならば、あの別れがアルフレッドの意思であった方が良かった。彼から拒絶されたと思い、美春は涙ながらに彼と別れることを選んだことにしておけば、彼とは一定の距離をとることができる。

しかし今、現実には――もう一度、彼の側にいて心地よいと感じ始めている。

（また傷つくのは、私だ）

美春は怒りをどうにか沈めようと、部屋の出口に向かった。そんな彼女の背中にキースが声をかける。

「アルフレッド様に告げ口なさいますか？　あのとき、おふたりを別れさせたのは、私だと」

美春の足がピタッと止まる。そしてしばし考えたあと、だまって首を左右に振った。

「なぜですか？」

そのキースの質問に、美春は彼を振り返りまっすぐ見て答えた。

「アル――ＣＥＯは、長年彼を側で支えてきたあなたのことを、とても信頼しています。そんなあなたに裏切られたと知れば、彼は傷つくに違いありません。それならば――今のままでいいと思います。私には、彼をこれからずっとそばで支える事はできませんから」

背筋を伸ばし、凛とした態度で自分の気持ちを伝えた美春。そんな彼女の態度にいつも冷静なキースの眉が、わずかにピクリと動いた。

「失礼します」

美春はそう告げると、悔しい気持ちで唇を噛み締めながら廊下へ出た。絨毯を踏みしめ、溢れそうになる涙をこらえる。

（間違っていない。私は、間違っていない）

そう思うのに、それなのに涙が溢れ出てしまう。真実を知ってしまったことで、胸の中でくすぶっていたあの頃の思いが、どんどん大きくなっていく。

しかしその先にあるのは、三年前と同じ結末。そうわかっているのに、日に日に膨れあがるアルフレッドへの思いは、美春の中で消えることはなかった。


部屋に戻る気にならず、経理課での仕事を先に片付けることにした。デスクに座り仕事を進めようとするものの、いつものようにはいかず、何度もタイプミスを繰り返していい加減自分でもいやになってきたころ、スマートフォンが鳴った。

「はい。高嶺です」

『ミハル？　準備できたから降りておいで』

相手はアルフレッドだ。先ほどのキースとの会話を思い出し、胸がギュッと痛んだ。

「降りるってどういうことでしょうか？　それにどうしていきなり――」

『いいから、時間がない。すぐに正面玄関に来るんだ』

そう言うとすぐに電話が切れた。

アルフレッドのそばにはいきたくない。しかし、上司の指示に従わないわけにはいかない。美春はアルフレッドに言われた通り急いでエレベーターでエントランスを抜け正面玄関に向かった。

「え、あれって……」

正面玄関には大型バイクにまたがるアルフレッドがいた。美春を見つけると手招きをしたので、急いで駆け寄る。

すると彼の手にあったヘルメットを強引に被せられた。

「あ、ちょっと。何するんですか？」

「何って、空港に向うんだ。ほら時間がない」

「空港って、私のために？　そんなこと――」

どうやら、アルフレッドは美春が由美子を見送ることができるように空港まで送っていくつもりらしい。突然の申し出に、美春は困惑した。

「いいから、乗るんだ。上司命令だ」

そう言われてしまうと、従うしかない。美春はアルフレッドの肩に手をおき、バイクにまたがった。するとすぐにアルフレッドはエンジンを掛けバイクを発進させた。

渋滞中の車の中を縫うようにして、バイクは走る。そのスピードに振り落とされないようように、気がつけば美春はアルフレッドの腰に手を回し必死にしがみついていた。

（どうして、こんなことになったんだろう）

距離をおきたいと思っている相手なのに、今、こうやって密着して距離を縮めている。

彼の体温、匂いを間近で感じ、胸が高鳴る。

さっきダメだと自分に言い聞かせたばかりなのに、まったく自分の思い通りにならない感情を、美春は持て余していた。

そして三十分後、バイクは空港に到着した。急いでロビーを横切り出発ゲートへ走る。するとそこには由美子とサミュエルの姿があった。

「由美子っ！」

その声に振り返った由美子は驚いた顔をしたあと、満面の笑みを浮かべて走ってきた美春を抱きしめた。

「間に合わないかと思って覚悟してたんだけど、よかった」

「うん。アルがここまで送ってくれたの」

少し離れた場所でふたりを見ているアルフレッドに視線を向けると、彼は笑顔で手を振った。

「汗だくでも、あいかわらずいい男ね」

「もう、由美子ったら」

いつもの調子の由美子をたしなめる。

「そして、相変わらず美春のピンチを助けるのは彼なのね」

由美子の言う通りだ。しかし美春は「そうね」としか答えられなかった。

「美春、もう一度彼とちゃんと向き合うべきよ。過去にひどいことをされたことが許せな

いなら、彼にそう伝えて新しい関係を作るの。少なくともあなたのために汗だくになってくれる男よ。少しは信頼してもいいと思うわ」

「そう……かな」

キースの言ったことが本当なら、彼はなんら美春にひどいことはしていない。彼からすれば、美春こそが手切れ金を受け取ったひどい女だ。

（アルはどんな気持ちで、今の私を見てるんだろう？）

アルフレッドはサミュエルと何か話し込んでいるようだった。その横顔を見つめる。

「まだ、彼のそばにいてもいいと思う？」

「美春がそうしたいなら」

由美子は美春の背中を押した。そのひと押しが美春を前向きな気持ちにしてくれる。

搭乗の最終案内のアナウンスが流れて、大きく手をふる由美子とサミュエルがゲートの中に消えていった。

ふたりの姿が見えなくなるまで見送る美春に、アルフレッドは何も言わずに寄り添っていた。

「そろそろ行こうか」

アルフレッドに促されて、やっと美春は歩きだした。

「あの、ありがとうございます。おかげで由美子を見送ることができました」

「間に合ってよかった。俺も久々に彼女の顔を見られてなんだか懐かしかった」

懐かしいという言葉は過去に対して使うことだ。すでに彼にとっては過去の出来事なのに、美春はまだあの時のことにこだわっている。そして新たに芽生えつつあるアルフレッドへの気持ちが押さえられなくなってきていた。

「でもCEOがバイクに乗れるなんて驚きました」

明るい声で話題を変え、これ以上自分の気持ちに振り回されないようにする。

「俺を誰だと思ってるんだ？　一応王子だし、王子はお姫様のピンチには白馬に乗って現れるのがお決まりだろう。ほら、お手をどうぞ」

止めてあったバイクにまたがると、美春に手を差し伸べた。美春は思わず笑ってしまう。

「じゃあ戻って、怒り狂ういじわるな継母に謝ろうか」

「継母って……キースさん!?」

「あぁ、さっきから電話が何度もかかってきてる」

イライラしているキースの姿を想像して、美春は身震いをした。

「王子様は助けてくれないんですか？」

「今回に限っては無理だな。俺も一緒に怒られる立場だから」

肩をすくめたアルフレッドと顔を見合わせ、ふたりで同時に噴き出した。

白馬ではなく、バイクに乗った王子とともに会社に戻る。背後から回した美春の腕は、行きよりもしっかりとアルフレッドを抱きしめていた。

第四章　王子様の専属メイドに指名されました。

「はぁ……はぁ……ど、どうしてこんなことにっ」

休日の午前。美春は駅からカメリアホテルに向かって全力疾走していた。照りつける太陽にセミの鳴き声がこだまするホテルの庭を横切って、アルフレッドの部屋へ向かう。

美春がオフの日にホテルに向かっているのには、わけがあった。いつもよりも少しだけ寝坊するのを、休日の楽しみにしている美春は、今日もいつも通り惰眠を貪るつもりだった。しかし、それは一本の電話に邪魔された。

『ミハル、緊急事態だ。申し訳ないがすぐに来て欲しい』

切羽詰まった声の主は、アルフレッドだった。寝起きの美春は飛び起きて、適当に身支度をして急いで家を飛び出した。

(電話ひとつで呼び出されるなんて……)

せっかくの休日にこんな突然の呼び出しは、職権の乱用だし、横暴だ。それでも、美春は休日を返上して、アルフレッドの元へ向かっていた。しかも、嫌だなどとは微塵も思っていなかったのだ。

（私ったら、どうかしてる）

自分でもそう思うものの、動き出した心と身体は今の美春にはコントロール不能だった。

ホテルのエントランスに入ると、流石に走るわけにはいかず、ゆっくりと息を整えながら歩いた。

スイートルーム専用のエレベーターに乗り込み、アルフレッドの部屋の前に到着した。

ドアベルを鳴らし中からの反応を待つ間、美春は自分がどうしてここに呼び出されたのか、理由を知らされていないことに気がついたが、すぐに扉が開いた。

「待ってたよ。ミハル」

コットンシャツにデニムの、ラフな姿のアルフレッドが美春を出迎えた。久しぶりの彼のその姿が新鮮に感じられた。

迎え入れられた美春は部屋の中に入り、回りを見渡した。部屋にあるデスクの上は綺麗に整理整頓されており、仕事をしている形跡はない。

「あの、電話を頂いて急いで来たんですが、何かトラブルでもあったんですか？」

やっと、ここに呼び出された理由を尋ねた。するとアルフレッドは、ゆっくりと部屋の奥にある扉を指差した。そこは寝室のはずだ。

「ここが、どうかしたんですか？」

見たところ、特に問題はなさそうだ。

「いいから、開けてみて」

急かすように言われた美春は、その理由がわからずに首をひねった。しかし開けろと言われたので、素直に従った。

ゆっくりと扉を開く。視線をさっと部屋の中に走らせ「ひっ！」と小さな悲鳴を上げたあと、今開けたばかりの扉をすぐに閉めた。

「こ、こ、これはっ……！」

美春が目にしたのは、荒らされた部屋だった。洋服やバスタオルがそこかしこに散らばっており、仕事の資料だろうか紙が何枚も床に落ちていた。ベッドの上にもたくさんのものがあり、目も当てられない状態だった。

「け、警察！」

美春は自分のバッグからスマートフォンを取り出し、警察に連絡しようとする。

「いや、必要ない」

「だって……、何者かが侵入したんですよね⁉　こんな酷い有り様なんだから、早く犯人を捕まえないと」

（セキリティが万全だから、ここに滞在してるんじゃなかったの？　こんなことじゃ、ホテルの信用問題に関わるし大変！）

焦ってうまく画面がタップできない。そんな美春の手をアルフレッドが摑む。

「だから、必要ないって。犯人は俺だから」

「そうですか……って、え？」

驚いて聞き返すと、アルフレッドが首を縦に振った。

「な、なんだぁ～」

それまでの緊張が一気にほぐれた美春は、その場にへたり込みそうになる。それをアルフレッドが支えた。

なんとか足に力を入れて、自力で立つ。逼迫した状況ではないことがわかると、今度はアルフレッドに呆れた。

「もう、一体どうして、こんなに部屋をちらかしたんですか？」

振り返りアルフレッドを見ると、彼は肩をすくめた。

「どうしてって……どうしてだろうな」

答えにならない答えが返ってきて、気が抜けた。

「とにかく、客室係を呼びましょう――」

「ダメだ。他人はこの部屋に入れたくない」

「じゃあどうするんですかっ？」

呆れて投げやりに聞いた美春に、アルフレッドがニッコリと笑った。

「君がいるじゃないか」

「わ、私？」

人差し指を自分に向ける美春を見て、アルフレッドは「うんうん」とうなずいた。

「ど、どうして私がっ⁉」

「総務部長の言っていたこと、忘れたのか？　君は俺の身の回りのお世話をするようにって言われただろう？」

ふとアルフレッドと再会したときのことを思い出した。たしかにそのように言われた。けれど――。

「はい、これ」

絶句している美春の手に、アルフレッドが白襟のついた黒いワンピースの客室係の制服を手渡す。

「これに着替えてから、掃除よろしく」

「な、なんでわざわざ着替えないといけないんですか？」

「ん？　気分の問題？」

ニヤニヤ笑うアルフレッドを見て、これ以上言い争ったところで、上司であるアルフレッドには逆らえない。きっと最後には客室係になりきって掃除を始めることになる。だったら、さっさと片付けてしまったほうが早い。

「着替え、手伝おうか？」

からかうようにして言われた美春は「結構です！」と一言残して、バスルームへと消えた。

「もう、どうやったらここまでちらかせるの？」

ブツブツと文句を言う美春に「何か言った？」と座ったままで美春を観察しながらアルフレッドが言う。

「いえ、何でもありません」

美春はまだ言い足りないと思ったが、取り合えず部屋を片付けることに専念した。清掃用のアメニティのワゴンを部屋に引き入れて手早く作業をする。

客室係から離れてずいぶん経つが、やはり身体が覚えているのか手際よく掃除が進む。

初めはブツブツと文句を言っていた美春も、部屋が綺麗になっていくとどんどん作業に乗ってきて、楽しくなってきた。

そんな美春を、アルフレッドはソファに座り足を組んで眺めていた。ふとそんな彼の様子が目に入ってきて、美春は戸惑った。

「あの、監視してなくてもちゃんとしますから。隣の部屋で寛いでいてください」

多少なりとも人の出入りがあるメインルームは、今もきちんと整っている。そちらの方が掃除中でうるさい部屋よりもリラックスできるはずだ。

しかしアルフレッドは首を横に振る。

「ここで、美春のコスプレを堪能するほうが、有意義だ」

「コスプレって！　いったい、何を言ってるんですか？」

なんだか急に恥ずかしくなった美春は、自分の身体を両腕で抱きしめた。

「いや、やっぱり日本文化はすばらしいな。他の従業員が着ていたらただの制服なのに、こうやってミハルが俺のためだけに着ていると思うと、滾るものがあるな」

「べ、別にCEOのために、身に付けているわけではありませんから。汚れると困るし作業しやすいから――」

自分の言葉が言い訳がましくなってきてしまい、却って逆効果のような気がしてきた。そんな恥ずかしさをごまかすために、美春は必死でテーブルの上を磨いた。

アルフレッドはそんな様子を、鼻歌交じりに楽しそうに見ているのだった。


「これで、よしっ」

ピンっと張ったシワひとつないシーツを見て、美春は満足気に微笑んだ。ずいぶん時間がかかったが、さっきまで荒れ放題だった部屋が見違えるように綺麗になった。

「ミハルの手際の良さには、関心するな」

横に立っているアルフレッドも、驚いているようだ。

「私がすごいわけじゃないんです。ベテランの客室係なら、もっと手際よく快適な空間を作り上げることができるはずですから」

「〝おもてなし〟をさせたら、日本人の右に出るものはいないな。ホテル業界に携わるものとして、大切にしなくてはならないホスピタリティ精神だ」

アルフレッドは急にCEOの顔を見せたが、そう言う彼自身、昔からそうだったことを思い出す。ふざけていたかと思えば、急に真面目に自分の研究のテーマである観光や、ホテル業界について熱く語っていた。そんな彼の話を、美春も夢中で聞いたものだ。

　ふと昔のことを思い出し、懐かしさでいっぱいになる。しかし美春はそれを振り切って、バスルームの清掃に向かう。しかしなぜかその後をアルフレッドも追って来た。

「あの、本当に見ていなくても大丈夫ですから」

「いいから、いいから」

　美春の言葉など、気にもとめていない。

「もう。こんな掃除を眺めているだけでいったい何が楽しいんだろう」

　美春は小さく呟いたあと、掃除を再開した。

　アルフレッドはバスルームの扉に手を掛けて、美春がバスタブを磨くのをじっと見ている。

（まぁ、客室係の仕事なんて間近で見ることがないから、興味深いのかも？　仕事には真面目だから）

　勝手に解釈をして納得した。そしてアルフレッドの視線を意識しつつも、キュッキュと音を立てて磨いていく。

　中腰での作業はさすがに疲れる。思わず「ふぅー」と額に浮かんだ汗を拭いながら大きな息を吐いた。

「大変そうだな。もうそれくらいにしたらどうだ？」

「久しぶりだからか、確かに疲れました。でもあともうちょっとなんで——」

「手伝ってやろう」

「えっ！　キャー」

バスルームに美春の悲鳴がこだまする。と言うのも、アルフレッドの持ったシャワーヘッドから飛び出すお湯で、美春の体がずぶぬれになってしまったからだ。

「あ、悪いな」

「ちょ、ちょっと。そう思ってるなら、止めてください」

なんとか顔にかかる水を避けようと手を伸ばし、アルフレッドを止めようとするが一向に水の勢いは収まらない。

「部屋を綺麗にしてくれたお礼に、俺がミハルを綺麗にしてあげよう」

そう言うと、シャワーを持ったままバスタブの中に入ってきて、美春の背後に立った。水の勢いがそのままなので、彼の足元もビショビショに濡れていた。

「ちょっと、ふざけないでください。それ、止めてください」

「なんで？」

「——んっ、や、止めっ」

息がかかるほどの耳元近くで、低音でささやかれた。その途端、ミハルの膝が震える。

「ミハルは本当に耳が弱いな。あぁ、耳だけじゃなかったか」

「んっ……」

彼の熱い唇が美春の耳を嚙んだ。甘い痺れに耐えているとシャワーヘッドを壁にかけたアルフレッドの両手が自由になる。美春の耳を愛撫しながら、ワンピースの背中にあるファスナーに手をかけた。すぐに美春の白い背中が露出し、胸もとにできた隙間に手を差し入れた。

「ダメっ……アルっ――っん」

振り向いて背後に立つアルフレッドに抗議しようとした。しかし開いた唇は彼の唇によってあっけなく塞がれてしまう。

「んっ……はぁ」

遠慮なく入り込んできた舌は、すぐに美春の舌を絡め取り、口内を暴れまわる。降り注ぐシャワー、濡れた洋服、唇を激しく奪うアルフレッド。非日常的な感覚が美春の身体の奥を熱くする。

「ん、ふぁっ」

息継ぎもできないほどの、激しく長いキスからやっと開放された。しかし身体に力が入らない美春は、壁に手をついてしまう。そんな美春を支えるようにアルフレッドの手が腰に回る。

それと同時に背中に彼の舌のザラリとした感覚が走る。新しく与えられた刺激に身体がビクンと反応した。それを見たアルフレッドが小さく笑い、その吐息が背中を撫でると、また新しい快感を美春にもたらした。

「アル、ねぇ。もう、やめて」

混乱して、呼び方が昔に戻ってしまう。

「どうして？　これからがいいところなのに」

次の瞬間には、アルフレッドが口を使ってブラジャーのホックをはずした。締め付けがなくなった胸を、すぐに彼の両手が包み込む。

「相変わらず、綺麗だ」

「――っうう」

アルフレッドの囁きに、身体が敏感に反応してしまう。彼と離ればなれになって以降は誰にも許していないせいか、少しの愛撫でも大きな快感が生まれる。

時折――おそらくわざとだが――かすめるように胸の先に触れる。そのたびに、ビクビクと身体を揺らす美春を見て、アルフレッドの息遣いも荒くなる。

「こうやって、ミハルはいつも俺を誘惑する」

「ちがっ……そんなつもりじゃ」

美春はアルフレッドを止めようと、彼の手に自分の手を伸ばした。しかし、逆に捉えられて自由を奪われてしまう。繋がった手からも彼の熱が伝わってくる。今は何をされても美春はアルフレッドを感じることしかできない。

「じゃあ、教えて。どうやったら、この誘惑に堪えられるのか。ミハルは俺の家庭教師だろ？」

耳元で囁くアルフレッド。しかし、美春がその質問に答えられるわけはなかった。そもそも誘惑などと、そんなつもりは毛頭ないのだから。

「そん……なこと、知らない。わからないっ」

首を激しく振ると、水しぶきがバスルームに飛び散った。それを止めるように、アルフレッドが美春の顔を両手で包み込み、熱い眼差しで射抜く。

「本当に？　この目も、唇も、吐息も、全部俺を誘っているじゃないかっ！」

「んっ――っ」

反論の言葉は、キスでかき消される。何度も何度も繰り返されるキスに美春は抵抗を諦め、受け入れることにした。

「んっ……アルっ、アル」

抗うことをやめ、自分の気持ちをさらけ出したせいか、美春の身体により大きな快感が巡る。必死に壁に手をついて、その快楽を受け入れていた。

突き出されたヒップにアルフレッドの手が伸びる。水で濡れたワンピースをたくし上げ、美春の腰元に手を伸ばし、一気にストッキングとショーツを膝まで下げた。

「あ、ダメッ」

「まだ抵抗するつもり？　無駄なのに」

まろやかな白い臀部を撫で上げられ、鳥肌が立つ。割れ目にそってアルフレッドの手が美春の敏感な部分を刺激する。

「あぁ……んぅ……う」

軽く撫で上げられただけだが、その刺激に身体を震わせた。秘部の奥から熱いものが溢れ出るのを感じる。

「……すご。これって、シャワーの水じゃないだろ」

分かっていてわざと意地悪な質問をするアルフレッドに、美春は唇を噛んで自分の痴態をさらすまいと、必死で我慢する。それが美春にできるささやかな抵抗だ。

「拒否できるなら、すればいい。できるなら……な」

しかし、それが気に入らなかったらしいアルフレッドは手の動きを激しくした。

「あぁ……ん……あぁああ」

我慢しきれずに声を上げた美春。それを見たアルフレッドはもっと快感を与えようと、彼女の隠れていた敏感な芽をクルクルと刺激する。

「ひっ……ん、あぁああ」

強い刺激に下半身を震わせた。それを見たアルフレッドがベルトを外し固くなった自身を美春に押し付ける。その存在に気がついた美春は慌てた。

「ダメ、それは絶対ダメ」

「そんなに強く言わなくてもわかってる。ゴムもないし。それにここから先はミハルが本当に欲しがるまで、しない」

「だったら——」

「あぁ、でも入れなければいいだろう」

（どういう意味？）

しかし、アルフレッドの行為に翻弄されている美春にはその意味がわからない。考える暇もなく、アルフレッドは熱く固くなったものを、美春の濡れた割れ目にあてがった。

「ダメッ……っあ、何、コレっ」

アルフレッドは約束通り中には入ってこなかった。しかし彼自身が美春の濡れた割れ目を往復する。

「いや、これ……あぁぁ」

美春の愛液が潤滑油となり、アルフレッドの激しい動きを助けた。何度も擦り上げられて、さらに快楽に濡れる。

「こら、動いたら、入るぞ」

「でも、だって……っ」

そうは言われても、美春は愉悦に堪えきれず腰を揺らしてしまう。

「あ、あぁ……んっ、だ、ダメっぇええ」

「……っう」

美春が一際大きな声をあげ、達してしまった瞬間、アルフレッドもまた自らの精を吐き出していた。

「ほら、機嫌を直して、これ食べて」

美春の目の前には、アルフレッドがホテルのレストランに特別オーダーした豪華な中華料理が並んでいる。中でも大きな伊勢海老をまるごと一匹蒸したものは、普段の美春なら喜んで食べただろう。

しかし、バスローブ姿の美春は腕を組んでそっぽを向いたままだ。

「早く、私の服を返してください」

「あれは、今クリーニングに出したから」

美春が着てきた服は着替えたときにサニタリールームに置いてあったのだが、バスルームでの戯れの際にアルフレッドが濡らしてしまったのだ。

「客室係の制服ならすぐに用意できるけど。また我慢できなくなってしまいそうだし」

アハハと笑うアルフレッドに「変態」と小さな声で毒づいた。

不機嫌な美春の口元に、アルフレッドは伊勢海老を器用に箸で摑んで差し出した。

「ほら、あーん。食べ物に罪はないんだから。ミハルが食べないと捨てるよ」

「そんな、もったいないです！」

「だったら、ほら」

ぐいっと差し出された伊勢海老を、頬張る。

「お、美味しい」

思わず歓喜の声を上げてしまうほどだ。さっきまでの不機嫌があっと言う間に吹き飛んでしまう。単純だとは思うけれど、美味しいものは美味しいのだ。

美春はアルフレッドに渡された箸を持つと、色とりどりの点心に手を伸ばした。

朝から走って駆けつけて、一生懸命掃除をし、挙句の果てにバスルームでさんざんアルフレッドに弄ばれ疲れ果てた美春は、実はとてもお腹がすいていた。どれも美味しくて次々に箸を口に運ぶ。そんな様子をアルフレッドはうれしそうに見ていた。

「あの、CEOは食べないんですか？」

「あぁ、こうやってミハルを見ているほうがいい」

その言葉通り、食事をする美春を満足そうに見つめている。

「そんなに、見られていると、食べづらいです。食べてください」

今度は美春がアルフレッドの目の前に、エビを差し出した。苦笑したあと、それを口にした。ふたりは笑顔で見つめ合うと、穏やかに食事を楽しんだ。


前菜、メインと一通り食べ終えてデザートの燕の巣がのった杏仁豆腐を食べているときに、アルフレッドが真剣な顔で、自分を見ているのに美春は気がついた。

「美春……三年前、どうして俺の前から逃げ出したんだ？」

いきなりもっとも避けたい話題を振られて、焦ってしまう。喉越しのよいはずの杏仁豆腐が喉にひっかかるような感覚がした。

「それは――」

どうやって、答えればいいのだろう。唇を噛んでいる美春にアルフレッドは畳み掛ける。

「金が必要だったのか？　何か原因があったんだろう？　どうして俺に相談しなかった？」

相談もなにも、美春は当時アルフレッドの方から別れ話を切り出されたと思っていたのだ。それに彼からも何も連絡がなかった。一国の王子だと知らされて、これまでと同じように再びふたりで過ごせる時が来るとは思わなかったからだ。

キースの仕業だと話してしまおうかと一瞬思った。けれど、アルフレッドの受ける衝撃と悲しみを想像すると、美春は何も言えなかった。

辛そうに口をつぐむ美春を見て、アルフレッドは諦めたようだ。

「もういい。美春にそんな顔をさせてまで、過去を蒸し返すつもりはない。悪かった」

「違う……謝らないでください」

「いや、この話はもう終わりにしよう、それより、バスルーム掃除しないとな」

話を切り上げてバスルームへ向う彼の背中を見て、美春は小さく「ごめんなさい」と呟いた。

彼のためだ。そう思うけれど、隠しごとをする罪悪感に駆られながら、彼の背中を追った。

あれから数日――。

「ミス・タカミネ、この資料なんですが……」

「それなら、先ほどメールで送信しています。ＣＥＯにも同じものを送信しました」

「結構」

キースは短く言い、パソコンの画面に視線をもどした。仕事のやり方にも慣れてきて、秘書という仕事にやりがいも感じ始めていた。

それと同時にアルフレッドへの想いがますます強くなってきているのを自覚していた。過去にあんなに辛い思いをしたのに、また同じ轍を踏もうとしていることはわかっている。

仕事に集中することで、なんとか自分をごまかす日々を送っていた。

「ミハル、これなんだけど――」

アルフレッドに呼ばれ、彼のデスクの前に立つ。先ほどの資料についての説明を求められた。

「それについては、最後についている補足資料を確認いただくと分かり易くなっております。ただ、ここに関しましては――」

アルフレッドは資料を見ずに、一生懸命説明する美春の顔を見つめている。それに気がついた美春は、口ごもってしまう。

「あ、あの。何かわかりづらい箇所がまだございますか？」

「うん。美春の気持ちが知りたい」

冗談交じりのような声色だったが、目は真剣だ。しかし、そんなことを聞かれてもすぐに答えられるようなことではない。

「……何をおっしゃっているんですか、仕事に戻ります」

自分のデスクに戻ろうとする美春の手を、アルフレッドが摑んだ。

「まだ、俺の質問に答えてないけど」

「そ、そのような質問には答えたくありません」

彼への恋心を三年前のように無邪気に告白できれば、どれほど楽だろうか。

しかし告白をして気持ちが通い合ったとしても、所詮一時的な関係にすぎない。またあの別れを経験するかと思うと、一歩踏み出す勇気がなかった。

それにアルフレッドの気持ちもわからない。美春は一度裏切った女だ。それなのに、どうしてもう一度自分のそばに置こうとするのだろうか。理解ができずに苦しむ。

ふたりは黙ったまま見つめ合う。アルフレッドが口を開きかけたとき、部屋に電話の音が鳴り響いた。

振り切れなかったアルフレッドの手を解き、美春は受話器を取った。ドキドキと痛いくらいの胸の鼓動を隠しながら。

その日もいつも通り仕事を終えて、会社を出た。帰りにポストに寄ろうと人気（ひとけ）のない場所に足を踏み入れたとき、背後から声をかけられる。

「やあ、久しぶりだね」

美春が振り向くと、にっこりと笑顔を浮かべて近づいてきたのは税理士の中西だった。

あまり関わり合いたくない相手の登場だったが、美春は営業スマイルを浮かべた。

「お久しぶりです。今日はずいぶん遅い時間までこちらにいらっしゃったんですね」

あたりさわりのない会話で、その場をやり過ごそうとする。

「ちょっとね……。それより高嶺さん、異動になったんだって？　しかもＣＥＯの秘書だって聞いたよ」

「はい。急な異動でご挨拶もせずにすみません」

「そうだよ。急にいなくなったから寂しいよ」

以前関わりがあったのはたしかだ。しかし彼の言葉には仕事上の意味とは違うものが含まれているような気がする。話が変な方向に流れる前に、さっさと切り上げたほうがよさそうだ。

「これからは小森が私の代わりに担当させていただきますので、またよろしくお願い致します。あの……電車の時間がありますので、失礼します」

頭を下げて脇をすり抜けようとした。しかし腕をつかまれてしまう。

「な、何をなさるんですか？」

美春の言葉に中西は不穏な笑みを浮かべた。

「そんなに嫌そうにされると、傷ついちゃうな。俺一生懸命君に気持ちをアピールしてたつもりなんだけど」

それは美春も気がついていた。だからこそ、この場を早く去りたかったのだ。

「私は……そういうつもりはありませんから」

「でも、彼氏いないんでしょ？　それとも……男ができた？　ＣＥＯとか」

　美春は息をのんだ。どうしてここでアルフレッドの名前が出るんだろうか。

「だって聞いたよ。向こうの指名でいきなりＣＥＯ秘書に抜擢されたんだって？　どうやって取り入ったの？　奥手そうな顔をしてるけど、実は裏で何かアブナイことやってるんじゃないの？」

「どういう意味ですか？」

　あまりの言われように、中西をキッと睨みつける。

「だから、こういうことして、取り入ったんじゃないのかって」

　つかまれた手を壁に押しつけられた。

「何するんですかっ？　……いやっ」

　いきなり唇を奪われそうになる。顔を背けてなんとか避けた。しかし顎を捉えられて至近距離で目が合う。

　ここで弱みを見せるわけにはいかない。泣き出しそうになる自分を奮い立たせてあらんかぎりの力で抵抗しながら中西を睨みつけた。

「高嶺さん、そんな顔するんだね。いつもの君もかわいいけど、そういう顔も俺、好きかも」

　薄ら笑いに鳥肌がたつ。必死の思いでとった態度も相手にとっては何でもないことのようだ。

「俺とも楽しめばいいだろう？　な？」

そう言って顔が近づいてくる。どうにか動かせるところを全部動かして、自分にできる限りの抵抗をする。しかし体の小さい美春の抵抗は中西には通用しない。

（いやだ、絶対触られたくない……だけどっ）

頭の中にアルフレッドの顔が浮かび、じんわり涙が目に滲んだ。

あと数センチ……美春は抵抗を諦めてギュッと目をつむり覚悟を決めた。しかし次の瞬間、押さえつけられていた体がふっと軽くなる。

ドサッという音がして、目を開くと道路に倒れている中西の姿が目に入った。そして、さっと男の背中にかばわれる。

その背中を美春が見間違えるわけがない。前にもこうしてこの背中にかばわれたことがあるのだから。

「アル……アル……」

震える指でアルフレッドのスーツを掴む。安心したせいか頬に涙が伝う。振り向いたアルフレッドがそれを拭った。

「新しいＣＥＯはずいぶん乱暴なんですね」

スーツの汚れを払いながら、中西が立ちあがる。

「すみません、大切な部下のピンチだったもので」

美春を背中にかばったまま、アルフレッドは中西に向き合う。

「本当にただの部下なんですか？　今の様子ではそんなふうには見えませんでしたけどね」

「おっしゃっている意味がわかりませんが」

アルフレッドと中西が睨みあう。

「そんな顔しないでくださいよ。ただ高嶺さんと少しお話したかっただけですから。まさか、彼女と話をするのに上司の許可がいる、なんてことはないですよね？」

「どんな用事だったかわかりませんが、彼女はすでに経理課の業務を離れています。今後は担当部署を通すようにしてください。彼女は新しい部署での仕事がありますので」

お互いまだ睨みあったままだった。先に視線を逸らしたのは中西だ。

「今後はそうさせてもらいます。私も御社との取引がなくなるのは困りますからね」

彼は最後にチラリと美春に視線を向けて「失礼します」と言い、その場を去った。

「大丈夫かい？　ミハル」

振り向いて美春の顔を覗きこむ。美春は答えることもできずに顔を横に振るだけだった。

本来ならば大丈夫だと言って、アルフレッドを安心させるべきだ。しかし、先ほどの恐怖に加え彼が助けにきてくれたことが、美春の気持ちをかき乱した。

アルフレッドの手が伸びてくる、しかし彼の手が美春に触れる前に彼女は自分から彼の胸にとび込んだ。

広い胸に頬を寄せて背中に手を回す。これまで押さえつけていた思いが溢れ出てしまう。

こんなことするべきではない。けれど何度も彼に助けられて、好きにならずにいるなんて無理だ。

中西に迫られた瞬間、アルフレッドの顔が浮んだ。美春が触れてほしいのは、触れたいのは彼だけだ。

美春は過去のことも未来のことも何も考えず、ただただ今、アルフレッドの胸にすがりついた。

そしてアルフレッドは、美春の気持ちに応えるように力強く彼女を抱きしめ、唇を重ねた。

長いキスが終わると、アルフレッドは美春の手を引き、強引に引っ張るようにして歩き始めた。足をもつれさせながら彼についていく。その先に何が待っているのか美春はもうわかっていた。

第五章　ＣＥＯに不埒なイタズラをされています。

アルフレッドの滞在しているスイートルームに到着するやいなや、アルフレッドはすぐに美春の顔を大きな手で包み込み、激しいキスを浴びせた。

息つく暇もないほどの激しさで、何もかもすべて奪われるようなキスに美春は必死に応える。

（本当にいいの……？）

この期に及んで、〝良い子〟の美春が問いかけてくる。

しかしのんびりと自問自答している暇もなく、アルフレッドはキスを続けながら、美春をゆっくりとソファに座らせた。そしてそのまま彼女の体に手を這わせる。

彼の手は美春にとっては、魔法のような手だ。触れられた場所から熱が体中に伝わり、そして奥に隠されている快楽のスイッチを押す。それは今も昔も変わらなかった。

スーツのジャケットの中に手が滑りこんできて、ブラウスの上からふくよかな胸を包むようにして撫でる。ビクンと体が反応するのを見て、アルフレッドは口元をほころばせる。

「すばらしく、感じやすいな」

耳元で囁く声に反応して、背筋にぞくぞくとした快感が走る。翻弄されているうちに、ボタンが外されてブラウスが大きくはだけていた。そこから彼の手が遠慮なしに入ってきて、ブラジャーの中に隠されている赤い頂に触れた。少し触れられただけなのに張りつめたように固くなる。

「あぁ……もうこんなにさせて苦しそうだ。今、楽にする」

そう言うやいなや、ジャケットをはぎ取るとブラウスの上から背中にあるホックをはずした。そしてすぐに彼女の胸元に手を伸ばした。

「し、CEO、これ以上は……ンッ」

滑り込んできた手が、直接張りつめた頂をつまんだ。軽い痛みが走ったが、それ以上に快楽を感じてしまった自分に驚いた。

思わず声を漏らしそうになったが、ギュッと奥歯に力を入れて美春は間一髪のところでそれに耐えた。

「前から言おうと思っていたんだけど、その〝CEO〟って呼ばれるのはあまり好きじゃない。昔みたいに、いつでもアルって呼んで」

まるでお仕置きをするかのような、快感を誘う手の動きに、負けないようにする。

しかし耐えられたのもわずかだった。アルフレッドは執拗に愛撫を続けながら、美春のブラウスも脱がせ、中途半端に胸に引っかかっていたブラジャーもはぎとる。

なんとか手で胸を隠そうとしたが、その手はアルフレッドに捕らえられ、両手とも頭の上でソファの上に縫い付けられた。この間バスルームでも見られてしまったが、明るいライトの下でさらけ出されると、どうしても恥ずかしくなる。

「隠しちゃダメだ。ここからがいいところなんだから」

形の良い唇が薄い笑みを浮かべる。美春を見下ろす視線に彼の欲望の色が見て取れ、美春の下腹部を疼かせる。アルフレッドは薄く開いた唇から濡れた赤い舌を覗かせ、美春の胸のふくらみを確かめるようになぞる。

そしてそのまま赤く固くなった頂を見せつけるようにして舐めあげた。

「ふっ……ん」

鼻から声が抜ける。なんとか声をあげるのを耐えた。

舌で押しつぶすようにして、なんども愛撫を繰り返される。唇を噛んで声を出さないようにしていたが、彼の口に含まれて甘噛みを繰り返されると自然と体がのけぞってしまう。

これではいくら声を我慢していても、感じていることは一目瞭然だ。恥ずかしさを感じていても、快感に身体が反応してしまう。

美春は自分の手が解放されると、快楽に耐えるため、爪をたてて肘掛を握り締めた。

しかしそこばかりに意識を集中させているうちに、アルフレッドの両手が美春のスカートにかかる。そして一気にウエストの部分をつかむと下着もろともはぎとってしまった。

「いやぁ……ダメ」

抵抗しようと足をばたつかせたが、無駄だった。あっと言う間に一糸まとわぬ姿になってしまった。

いくら過去に何度も体を重ねた相手であっても、やはり好きな人にすべてをさらけ出すのは恥ずかしい。

そもそも、昔からアルフレッドといると、何もかも彼のペースになることが多かった。ふたりの関係が終わってずいぶん経った今でさえそれは変わらない。

美春の服をソファの背もたれにかけると、アルフレッドは身に着けていたシャツのボタンを煩わしそうに外す。器用に上半身の服を脱ぎ美春の洋服の上に重ねた。

その間美春にまたがったまま、心まで射抜くような視線で美春を見つめた。美春の体は、炎がともされたように熱くなる。どうしようもないその熱が美春の中にほんの少し残っていた理性を奪っていく。

その視線は間違いなく自分を欲しがっている。アルフレッドに求められたら、断ることなど美春にはできない。あの悲しい別れから三年も経つのに、美春の心はまたもや彼にとらわれてしまう。

そんな自分をふがいなく思うが、どうしようもない。快楽と自分ではどうにもならない気持ちで目を潤ませ、彼の視線に応える。

「その目……それが俺をまともでいられなくするんだ」

「そ、そんなつもり」

「いいから。今さらもう止められない。俺たちはもう一度始まろうとしているんだから」

（本当にそうなの？　もう一度……）

　しかし美春の思考はそこで停止してしまう。アルフレッドが美春の足を持ち上げて舌を這わせた。それは膝のあたりから徐々に上へと内腿をなぞる。ときどき柔らかい肌を強く吸い上げる。そのたびにゾクゾクとした感覚が体中を駆けめぐる。

　そして美春の中心にたどり着くと、戸惑うことなく一気にそこに舌を這わせた。

「あっ……ンっ……やぁ」

　ザラリとした感触が襞をたどる。そしてその間に尖らせた舌を差し込み往復させる。この濡れた感覚は、アルフレッドの舌のせいだけではない。美春は自分自身から溢れだす蜜が、アルフレッドの口元を濡らしているのがわかった。

「ミハルが俺を欲しそうに見つめてくるときは、必ずここはこんなふうになってる。昔と変わらない」

　そう言われても、美春にとってそんなことは初耳だ。どう答えていいのかわからない。アルフレッドも返事を待っているわけではない。そのまま舌を這わせ隠れていた芽を探し出し舌でつついた。

「ひぁ……あん……そこは――」

「好きだろう？　こうされるの」

　美春は拒否したかったが、アルフレッドはそれを許してくれない。最も敏感な芽を唇で挟まれて強く吸い上げられた。

「ん……あああ」

直接的な刺激に我慢できずに声を上げる。しかしアルフレッドは昔体を重ねたときのことをすべて覚えているかのように、美春の感じるところを容赦なく攻め立てた。

アルフレッドが舌で美春に快楽を与えると、それに応えるようにドクドクと奥から熱い蜜が溢れ出してくる。それを舐め取ろうとしてアルフレッドの愛撫がますます激しくなった。

「ん……あぁぁ……あうん」

体の奥にたまった快感がはじけ飛びそうになる。しかしその手前でアルフレッドは体を起こした。

与えられるはずだった快感がもたらされずに、美春は欲望を持て余し、体を大きくのけぞらせて耐える。

アルフレッドはその様子を見つめながら、濡れた口元を拭うと美春の耳元でささやいた。

「つらい？　でも……ミハルの許可なしじゃ、ココから先は進めない」

今の美春にはその言葉が脅迫のように聞こえた。自分ではどうしようもない熱を彼にどうにかしてほしかった。彼の手で最後まで満たされたいと思ってしまう。

「いいかい？　ミハル」

答えを待つ間も、アルフレッドは舌で耳を刺激し、長い指を下半身にゆるゆると這わせて快感を煽った。

今にも達してしまいそうだったのに、その手前でお預けにされた美春の体と理性は完全に崩れてしまう。

目を閉じてうなずくと「ありがとう」と優しい声が聞こえてきた。そしてゆっくりとふたりは繋がった。

彼を受け入れてしまったことで、これから先どうなってしまうのだろうか。不安がよぎったけれど、それも彼が一気に奥まで入ってくると何も考えられなくなってしまった。

「……ん」

さんざん我慢させられていた体は、熱く固い彼を難なく受け入れた。それどころか一瞬奥を突かれただけで軽く達してしまう。

「あれ、もう？　まぁ、仕方ないか。我慢させたからな。ごめん」

そう言うとまだ快感が引き切らない美春の中を、さっきよりも激しく突き上げた。その衝撃に美春は体をしならせて、白い喉元を突き出す。そこに嚙み付くようにアルフレッドがキスをした。

彼は激しく突き上げながら、両手で揺れる胸を楽しむように揉みしだく。美春はありとあらゆるところに快楽を与えられていたが、なんとか声を抑えようと唇を嚙み我慢していた。

こんなにふやけ切った体では、快感に耐えるのは本当に苦しい。しかし理性がなかなか、美春を素直にしなかった。

「……ッン」

鼻から声が漏れるたびに、アルフレッドの動きが激しくなる。

「どうしてそんなふうに我慢するんだ？　以前のミハルは素直に俺に応えてくれていたのに」

首を振ってその問いに答えるつもりはないと、意思表示をした。するとアルフレッドの激しい動きが緩慢になる。

まだ彼を受け入れたままだったが、動きが緩やかになった隙に美春は息を吸いこもうと、口を開く。

しかし次の瞬間、アルフレッドは思い切り美春の最奥を突き上げた。

「あぁぁっ！」

我慢できずに声を上げる。それを見て満足したアルフレッドはさっきよりも激しく、美春を高みに誘おうと腰を打ち付けた。

「いやぁああ……奥はダメ、これ以上はっ……はぁあ」

もう我慢などできなかった。髪を振り乱し淫らな声を上げ懇願する。

「仕方がない。ミハルの小さな体には俺のはちょっと大きすぎるから。でも以前は、とってもうれしそうに受け入れてくれていたし、あと何回かイケば何も考えなくて済むようになる」

（そ……そんなの、耐えられない）

今でさえ押さえようと思っているのにもかかわらず、我慢できずに恥ずかしいほどの嬌声を上げている。これ以上されてしまったら美春は自分がどうなってしまうのか想像もつかなかった。

「奥、壊れちゃう……壊れ……あああぁ」

大きな快楽の波が美春を襲う。あらがえない愉悦に腰がガクガクと揺れる。アルフレッドはその様子を満足そうに見つめ、間髪いれずに次の快感を彼女に与える。

「どうせなら、壊れてしまえばいい。そうすれば俺の腕の中に閉じ込めておける。美春は俺だけのものだ」

（そんな……そんなことになったら、もう後戻りできなくなってしまう）

また三年前と同じことを繰り返すことになる。

しかしそんな考えさえも、次々に襲ってくる快感と行為の激しさと、美春を求めるように何度も繰り返される濃厚なキスにすべて吹き飛ばされてしまった。

その夜、美春はアルフレッドの言葉通り何も考えることなく彼に激しく求められるままそれを受け入れ、何度も高みに登った。

そしていつしかベッドに移動して、ふたりが離れていた三年間などまるで存在しないかのように密着しているうちに夜が白み、意識が遠のくまで体を重ねた。

翌朝――。

気だるい体で寝返りをうつと、そこには笑みを浮かべて美春を見つめるアルフレッドの顔があった。

「おはよう」

彼の大きな手が伸びてきて、美春の唇にかかっていた髪を優しく払う。そしてそこに昨日の激しいものとは違う、柔らかくて甘いキスが落された。

夢を見ているような思いで美春は、じっと彼を見つめ返した。そうすると、ふたたび軽いキスが何度も繰り返された。

三年前とふたりの立場は変わっていない。アルフレッドは王子で、美春は日本の一般人だ。そんなふたりに明るい未来があるとは思えない。

しかし、今ふたりの間を流れる甘い幸せな時間が、美春には一番大切だった。


その後、ふたりの距離が三年前と同じ、いやそれ以上近づくのにさして時間はかからなかった。仕事もプライベートも一緒に過ごすようになり、一日のほとんどの時間をお互いの存在を身近に感じていた。

ふたりとも三年前のことは一切口にせず、あの夜アルフレッドが言った通り〝新しくはじめた〟関係を築きつつあった。

夕方、資料室に用事のあった美春は薄暗い灯りのなか、ひとりで資料を探していた。そんな中「ミス・タカミネ」と背後から名前を呼ばれて、振り向くとそこにはキースがいた。

「キースさん、どうかしましたか？　必要なものがあれば、持っていきますけど」

先ほどまでアルフレッドと部屋にいたはずなのに、わざわざ追いかけてきたらしい。

「少し、お話があります。よろしいでしょうか？」

「――はい」

こんなところまで足を伸ばして来たのだ。おそらくアルフレッドのことだろう。

キースは近くで見ていて、ふたりの関係が変わったことにすぐに気づいたようだ。それとなく探りを入れられる。

「最近、ずいぶんと幸せそうですね」

「あの、ハイ」

尋問のような口調に、短く答えることしかできない。

「殿下が判断なさったことですので、今の段階では私はどうするつもりもありません」

意外な言葉に美春は驚いて目を見開いた。

「ただ、ひとつだけ。あなたは自分の選択に覚悟を持つべきです。殿下の隣に立つということが持つ意味を、今一度よく考えてください。私が申し上げたいのはそれだけです。お仕事中、失礼しました」

キースは戸惑ったままの美春を置いて、くるりと踵を返すと資料室を出て行った。取り残された美春は、資料を探しながらキースの言葉の意味を真剣に考える。

アルフレッドがどんな立場の人間なのか、美春は理解しているつもりだ。そもそも何も知らずに恋に落ちた三年前とは違う。だからこそ、キースはあえて美春の覚悟を問い質したのだろう。

しかし、本当に覚悟ができているかと訊かれれば素直にうなずけない。でも今の美春にわかっていることは、彼と離れることはできないということだ。

わかっていても止められない思い。今はその感情のままに彼を愛したいと思った。

その日の仕事が終わり美春はリラックスして、部屋で料理をしていた。すると、インターホンが鳴った、モニターを覗くとそこには、アルフレッドがＳＰと共に画面に映っていた。

鍵を解除すると美春は扉をあけて、エレベーターを降りてくるアルフレッドを迎えた。

彼が軽く手を挙げると、それまで一定の距離をもって付いてきたＳＰがさっといなくなる。ここからがやっとプライベートな時間になるのだ。

部屋に入ると美春はすぐに謝った。

「ごめんね。わがまま言って来てもらって。警備の人も大変だよね」

「問題ない。あいつらが大袈裟なだけなんだ」

一国の王子であるアルフレッドは、本来ならば常にＳＰが張り付いているような立場だ。しかしここでは、本人の希望もあり最小限の人数がいつも側にいるだけだ。

セキュリティのことを考えれば、常に滞在しているホテルで会うのが一番安全で利便性もよいし、ある程度の自由もきく。美春もそれは理解している。

けれどもアルフレッドが滞在しているのは、カメリアホテルの一室。ＣＥＯ秘書の美春が頻繁に夜遅くまで滞在しているとなると、変な噂が広がってしまうかもしれない。そう思うと、いたたまれない気持ちになってしまうのだ。

そのため、こうして美春の部屋で過ごす回数も増えた。

「それにこの部屋にいると、常にミハルを感じていられる」

背後から抱きしめられそうになって、慌てて逃げる。そんな美春にアルフレッドは不満を露わにする。

「そんな顔しても、まずは食事をしてからです。せっかくおうどん作ったのに、食べないんですか？」

「食べる」

アルフレッドはうれしそうに顔を輝かせ、美春よりも先にキッチンに向かった。

穏やかなふたりだけの時間。先が見えなくても、今この時間の幸せだけは本物だと、美春はアルフレッドの姿を見て思っていた。


八月のお盆も過ぎたころ。美春は取引先の重役を空港まで見送りに行った帰りに渋滞に巻き込まれてしまった。

何度も時計を見て気持ちばかり焦る。このあと予定されている会議には到底間に合いそうになかった。しかし問題はそこで使う資料の準備がまだだったことだ。

いつもならばこんなギリギリに準備をすることはないのだが、今日は不運が重なった。

結局美春は社に電話を入れて、花菜子とキースに資料の準備を頼んだ。

運転しながら自分の段取りの悪さに肩を落とす。また親密な関係になることができたわけだけれど、それとは別に仕事は仕事としてアルフレッドに認められたい。

「ただいま戻りました」

予定よりずいぶん遅くなって美春が社に戻ると、ＣＥＯ室にはすでにアルフレッドとキースがおり仕事をしていた。

「遅くなって申し訳ありませんでした」

「大変だったな」

アルフレッドは美春を気づかう。しかしキースが辛辣な言葉で口を挟む。

「大変だったのは私も同様です。あなたが用意するはずだった資料を急ぎで準備したのですから」

普段の表情と変わらないように見えたが、めずらしくイライラしているようだった。

「実はさ、今回の資料、経理課のあれ……えーっと、小森さんが手伝ってくれたんだけど、それでアイツあんなに不機嫌なんだよ」

「はぁ、何か不手際があったんですか？」

花菜子はいささか落ち着きがないが、仕事に関しては正確で早かった。彼女が大きな失敗をするとは思えない。

「いや、不手際というか……あははは」

突然笑いだしたアルフレッドと、ますます不機嫌になるキースの間で美春は事情も分からず戸惑った。

「あなたのせいで、散々でした。代わりに彼女を寄越すなんて……」

疲労感を漂わせ重い声でそう言うと、キースは自席に戻る。

「あーあ、不機嫌だなぁ。でも俺も今回はちょっと困ったんだよ。資料がなくて」

「本当に申し訳ありませんでした」

深く頭を下げた。しかし頭をあげると何か含みのある笑顔を見せるアルフレッドと目が合う。

「今回のことは仕方がないことだけど、みんなが迷惑をしたんだ。それなりに償いをしてもらわないといけない」

軽い口調だったが、それは「はい」と気軽に返事できるようなことではない。

「何か処分があるのでしょうか？」

自分がミスしたのだからそれでも仕方のないことだ。やっぱりCEO付きの秘書となると些細なミスだとしても会社の経営に大きな損害を与えることもあるのかもしれない。

美春は下される審判に、息をのんだ。

「償う覚悟はあるみたいだね。じゃあ、パソコンの電源を切って食事に行こう。キースもめた。

　アルフレッドが決めるような店となると……美春は自分の財布の中身を想像して、青ざ
「あの、いや、えーっと」

「あぁ、だから今日はミハルの奢りだから。店は俺が決めたから、行こう」

「食事ですか？　だって処分って……」

一緒に」


　美春は、なんとか思いとどまらせようとしたが、アルフレッドもキースも平気な顔をして、タクシーに乗り込んだ。仕方なく美春も一緒に乗りキースが告げた行き先が、高級割烹だとわかり不安が現実になる。

（カード……使えるよね……）

　不安なまま到着した店で、座敷に案内される。そこにはなぜだか花菜子がいた。

「花菜子……どうして？」

「CEOにお誘いいただいたの。今日のお礼だって」

　にっこりとほほ笑んだ花菜子は、一番後ろにいたキースに目を向けた。目があった瞬間、花菜子の頬は高揚し花が咲いたような笑顔になる。しかし反対にキースの顔はいつもの無表情を通り越して、能面のようになっていた。

「アルフレッド様、私はここで失礼します」

　踵を返して帰っていこうとするキースの姿を見た花菜子が「ちょっと、待ってくださ

い」と言い立ち上がって、追いかけていった。

「あの……どういうことですか？」

「まぁ、まぁ。とりあえず、俺たちは座ろうか？」

美春にはさっぱりわからなかったが、アルフレッドに言われるままに隣に座った。

どうやら食事はしゃぶしゃぶらしい。和食好きのアルフレッドが好きなメニューのひとつだ。

「ふたりが戻ってくるまで、食事始められませんね」

「あぁ、でも〝おしおき〟は今でもできる」

アルフレッドの笑みに、嫌な予感がする。

「あの、今日の償いは、食事を奢ることじゃないんですか？」

「ミハルを連れ出すのにそう言っただけだ。俺は女性に食事を奢ってもらおうなどと思ったことは一度もない。ミハルは〝ノーパンしゃぶしゃぶ〟を知っているか？」

もう、その響きだけで、いかがわしさ満載だ。とりあえずスマートフォンを取り出して検索した。

画面に表示された情報を見ると、どうやらバブル時代に流行した女性の店員が下着をつけずに給仕する、エンターテインメント・レストランのようだ。その先にはもっといかがわしいことが記載されている。

「な、なんですかこれ？」

一緒にスマートフォンの画面を眺めていたアルフレッドの顔を凝視する。いったいどこでこんなことを知ったのだろう。

「実は、先日接待の相手が昔話のひとつとして話をしてくれたんだ。いや、しかし日本人の性へのポテンシャルの高さは脱帽ものだな」

「そんなことを日本の良さだなんて勘違いしないでください」

「すばらしい文化だと思うがな」

美春の言葉に納得できない様子のアルフレッドに、話の流れを変える必要を感じた。

「それで、いったいこのノーパンしゃぶしゃぶがどうしたんですか？」

「ミハル、目の前にあるのは何だ？」

目の前にセッティングされているのは、まごうことなきしゃぶしゃぶの材料だ。……ということは。

にっこりと屈託のない表情で笑うアルフレッドに、美春は声を上げた。

「いや、いや、ダメですから……絶対ダメですから」

「おや、迷惑をかけた君が、拒否する権利なんてないこと、わかっていないんだな」

アルフレッドの手が伸びてくる。美春はよけようとするが、すぐに捕まってしまう。

「別に給仕までは求めてない。ただ、ちょっとした刺激が欲しいだけなんだ」

素早く美春の背後に回って彼女を抱きしめたアルフレッドが、膝上丈のストッキングの上から足を撫でた。素肌の内腿を羽でも使ったかのように優しく触れる。その微妙な感触に体がビクンと反応してしまう。アルフレッドは声を漏らして笑ったあと、さらに美春の体を刺激した。

耳を舌でねっとりとなめられ、甘嚙みされると全身に甘い痺れが走る。背後から感じる彼の体温や吐息さえも、快感の要素になる。感じたくないと思っている美春の気持ちとは裏腹に、パブロフの犬のごとく体はアルフレッドの行為に敏感に反応してしまう。

「もう感じてる？　仕方ないか……ミハルは感じやすいから」

すぐにショーツにまで手が伸びてきて、敏感なところに指が這わされる。奥がじんわりと熱くなっていく。

「ダメっ……キースさんや、花菜子が戻ってきちゃ……う」

アルフレッドの手を必死でよけようとするが、そうすればするほど、ますます動きは激しくなる。どくんと蜜が溢れた。

「このまま濡れた下着を身に付けていたら、気持ち悪いだろう？　仕方ないから脱がせてあげよう」

「仕方ないって……濡れてなんかないから……きゃあ」

抵抗する暇もないほどすぐに、ショーツをはぎ取られた。それまで熱がこもっていたその場所がクーラーで冷やされた空気に触れる。

とっさに足を閉じて隠そうとしたが、その前にアルフレッドの手が美春の膝を摑み左右に開いた。恥ずかしい場所がさらけ出されてしまう。

「濡れてないっていうなら、確かめないと。俺の勘違いかもしれないし」

美春の状況をわかっていて、わざと意地悪に囁く。

恥ずかしい場所を確認するかのように、アルフレッドの指が濡れている割れ目を往復する。押しのけようとしても快楽に囚われた美春の力はか弱く、アルフレッドにされるがままだ。

何度目かの往復で、水音が漏れてくる。その音から与えられる羞恥心に美春は顔を真赤にしながら堪えた。

「ミハルは嘘つきだな。こんなに音をさせるほど感じてるのに。この音、部屋の外まで聞こえるんじゃないか？」

「いやっ……、いやあ」

首を振って手を伸ばし、まだ刺激を続けるアルフレッドの手をどうにかどけようとする。しかし彼は面白がって余計に動きを激しくした。

すると座敷の外から足音と聞き覚えのある声が、聞こえてくる。

「どうやら、ふたりが戻ったみたいだな」

驚いた美春が足をばたつかせて、最大限の抵抗をする。しかしアルフレッドはまだ指を緩やかに動かし続けている。

「見られちゃう……本当にやめて」

涙目で訴える美春の顔を見て「わかった」というと、唇をかすめるようなキスをして美春の体から離れた。

　その瞬間に座敷の障子が開いて、キースと花菜子が入ってきた。

「すみません、お待たせしました」

「気にしないで。もっと遅くてもいいくらいだ」

　アルフレッドを美春とキースが一緒に睨みつけた。

「もう、キースさんったら逃げ足が速くて、捕獲するのに苦労しました」

　あっけらかんと話す花菜子の横で、キースは頭痛がするのか、こめかみのあたりをさすっている。

「でも、うれしいな。こんなに早くダブルデートが実現するなんて！」

　無邪気に笑う花菜子に賛同するのはアルフレッドだ。

「こういうのも、たまにはいいよな？　キース」

「左様でございますね」

　まるで感情のこもっていないキースの態度から、花菜子がそうとう積極的にキースに迫ったことが想像できる。

「キースさんったら、本当に照れ屋なんですね。あ、いいんです、そのままで。私は逃げられるぐらいのほうが燃えるタイプなんで！　これからもガンガンいきます」

「頼もしいね！　じゃあ、乾杯しよう」

　よく冷えたスパークリング日本酒で乾杯をする。ひとくち飲み物を口にしたことと、花菓子たちが現れたことで先ほどまでの興奮が少しずつ冷めていった。

　自分が下着を身に着けていないことを気にしないでいる……というのは無理だが、なんとか目の前のふたりに勘づかれないようにすることはできた。

　しかし、下着一枚でこんなに心もとない思いをするとは美春は思ってもみなかった。そして目の前のふたりに、この事実を知られることは絶対に避けたかった。美春はできるだけいつもと同じように振る舞うように努めた。

　適度にサシが入ったいかにも美味しそうなお肉を、鍋の中で揺らす。そうしながら花菜子が「この水音が〝しゃぶしゃぶ〟っていう名前の由来なんですよ」などと本当かどうかわからないうんちくを語っている。本人も「諸説ありですけど」と付け加えながら。

　そんな会話に相槌をうちながら、早くこの時間が過ぎてくれることを祈った。普段はなかなか食べられない高級な牛肉なのに、じっくり味わうどころではなかった。

　しかしなんとかその場をやりすごしている美春の態度が、アルフレッドのいたずら心に火をつけた。

「ミハル、ちょっとそっちの皿とってくれる？」

　あきらかにアルフレッドのそばにある皿を取れという。美春がそれを手にするためには腰を浮かせなければならない。ひざ丈のフレアスカートを履いているので中が見えることはないと思うが、それでもできれば動きたくない。

「ＣＥＯ……ご自身で取れませんか？」

「君に取ってもらいたいんだ。それくらい、いいだろう？　秘書なんだから」

アルフレッドの意図することは、わかっている。しかしこれ以上抵抗すると、キースと花菜子に変に思われてしまいそうで、素直に従うしかなかった。

腰を上げて皿に手を伸ばす。すると不意にアルフレッドの手がスカートの裾を揺らした。

「きゃ……」

思わずあげた声に、花菜子が不思議な顔をする。

「どうかした？」

「……ううん、何でもないの。ＣＥＯこちらでよろしいですか？」

「あぁ、ありがとう」

にっこりと笑顔を浮かべているが、その瞳は明らかに美春の反応をおもしろがっていた。

美春は仕返しと言わんばかりに、テーブルの下でアルフレッドのいたずらな手をつねった。しかしすぐに彼に摑まれてしまう。なんとかほどこうとしても、強く指を絡め取られる。

「ＣＥＯ、キースさんのタイプの女性ってどんな人なんですか？」

「なぜ俺に訊くの？」

美春は繫がれた手が気になって仕方ないのに、アルフレッドは何も起こっていないかのように、普通に会話を続けた。

「だって、キースさんに訊いても答えてくれないんです」

唇を尖らせる花菜子に、キースが答えた。

「まちがいなく、あなたのような女性でないことは確かです」

「ん、もう。照れなくてもいいのに」

どこまでも前向きな花菜子だったが、美春はそれどころではない。やっとのことでアルフレッドの手から解放されたと思いきや、今度はその手が美春の太腿に置かれた。派手に動き回ることはないが、ゆっくりとスカートをたくし上げていく。美春は太腿をしっかりと閉じ、それ以上何もされないように自分を守った。

けれど、素肌にアルフレッドの指がふれると、背筋にゾクリとした感覚が走る。感じたくなんてないのに、すっかり彼に慣らされた体が言うことを聞いてくれない。

もう目の前にある食事も、キースや花菜子の言葉さえも意識の外にいってしまっている。美春はただアルフレッドの行為に耐えるために唇を噛んで、時間が過ぎるのを待っていた。

「そろそろ、お開きにしましょう。ミス・タカミネも食事どころではなさそうですから」

助け舟は意外なところから出された。しかしその口ぶりは、美春の状況を理解しているようだった。

羞恥心からとたんに顔が赤くなる。

「そうだね。言われてみれば口数も少ないし。顔もなんだか赤い？」

花菜子が心配して顔を覗き込んだ。

「あ、うん。ちょっと……」

もう上手にごまかす気力も残っていない。下手な作り笑いを気づかれないことを祈る。

「体調が悪いなら早く言えばよかったのに。自宅まで送っていく」

美春のこの状態を作り上げた張本人のアルフレッドが、しれっと言う。

「そうしてください。私はキースさんと、もう少し親睦を深めますから。ね?」

「な、何を言っているんですか?　いいかげんにっ」

さすがのキースも花菜子の押しの強さに驚きの声をあげた。

「俺はミハルを送っていかなければいけないし、キース、まさか女性をひとり残して帰るなんて言いださないよな?」

「そうですよ、ひどーい」

腕をつかんで揺さぶる花菜子を見て、キースは本日何度目かの大きなため息をついた。

キースと花菜子を残したまま、美春はアルフレッドと共にタクシーに乗り、自宅の住所を告げる。

「下着もつけずに、タクシーに乗るってどんな気分だ?」

耳元で羞恥心を煽るように囁くアルフレッドの言葉に、美春は敏感に反応してしまう。

「誰のせいでこんな……」

「あぁ俺のせいだな。ミハルが人目を憚らずに誘うような顔をしているのは」

アルフレッドは面白がっているけれど、美春はすでに限界だった。羞恥心と体の熱でどうにかなってしまいそうだ。

瞳を潤ませて思わず上目遣いでアルフレッドを見つめた。そんな彼女を見て、アルフレッドが喉を鳴らす。そして掠れた声で運転手に告げた。

「行き先変更だ。カメリアホテルに行ってくれ」


ホテルの廊下をいつもなら人の目を気にしながら、アルフレッドの部屋に向かう。けれど美春は今、そんなことに気も回らないほど、体の熱を持て余していた。

まさか自分がこんなふうに乱れるなんて、想像もしていなかった。自分がここまでコントロールできない状況に陥るなど……こんなにもアルフレッドが欲しくてたまらなくなるなどと考えたこともなかった。

自宅マンションよりも近い、アルフレッドのホテルの部屋までの距離さえ、ものすごく遠く感じられた。

エレベーターに乗っている間も、思わずアルフレッドに体を預けてしまう。彼の体とくっついているところから、熱が広がっていく。

「もう少しだ。だから、もうこれ以上俺を煽らないでくれ」

アルフレッドは眉間に皺をよせて、苦悶の表情を浮かべている。

そんなことを言われても、美春だってどうしようもない。そもそも〝お仕置き〟と称して、今の状況の発端を作ったのはアルフレッドなのだから。

部屋に到着するやいなや、キスをしながらもつれ合うように寝室に向かう。お互いが欲しくてたまらず、一瞬も待てない。

「はぁ……アルぅ」

プライベートな空間で、やっと彼の名前を呼ぶことができた。キスの合間に途切れ途切れに自分の名前を呼ばれたアルフレッドは、抑えきれなくなった自身の欲望の証を美春に触らせた。

「ミハルのせいでこんなになってしまった。お仕置きをするつもりだったのに、こんなに我慢させられて、拷問を受けているのは俺の方だ」

美春のスカートの中に、彼の手が伸びてくる。もうそれを止めることはしない。美春自身もそれを待ちわびていたからだ。

すでに濡れそぼったそこに指が触れるだけで、全身が震えるほどの快楽が与えられる。奥からどんどんあふれてくる熱い蜜がアルフレッドの手を濡らした。

「すごいな」

スカートから引きぬいた手はしとどに濡れていて、彼がねっとりと舌で舐める。それだけで美春の身体が熱くなる。

「アルだから……アルだからこんなふうになってしまうの、アル……アル」

カチャカチャとベルトのバックルの音が聞こえ、彼の熱いものが太腿にふれた。いつもと違い性急に求められる。しかし美春も同じ気持ちだ。

早く彼と繋がりたい。ひとつになりたい。気持ちが口をついて溢れ出た。

「好き……好き」

美春がそうつぶやいた後、我慢できないというようにアルフレッドが美春を貫いた。そしてなおも奥を目指そうとする。

いつもは恥ずかしがって自分の感情をあらわにしない美春の言葉に、アルフレッドは信じられないほど心と体を揺さぶられた。

お互いに服を脱ぐ間を惜しむほどの、むさぼり合うような行為だった。しかし感情と欲望をぶつけあう深いつながりは、ふたりを満たした。


「んっ……アル？」

美春はゆっくりと微睡の中から覚醒して、目を開いた。そして隣にいるはずのアルフレッドの姿がないことに気がついて、体を起こし部屋の中を見回す。しかし彼は、寝室にはいないようだ。

ふと扉の向こうから誰かの話し声が聞こえた。そしてそれがすぐにアルフレッドとキースの声だということがわかった。

ベッドサイドの置時計で時間を確認する。まだ時刻は午前七時。こんな早い時間にふたりで話し合いをしているなんて、なにか困ったことが起きたのかもしれない。

そう考えて、今日重役会議があったことを思い出した。美春は参加しない予定だったのでうっかり失念していた。

美春はバスローブを身に着けると、急いで扉をあけて彼らの元に行こうとした。けれどそこで、身支度がまったくできていないことに気がつき、思いとどまった。こんな姿で出ていったら、キースにどう思われるか想像しただけでも恐ろしい。

少しだけ開いた扉から、ふたりの声が漏れ聞こえてくる。耳をそばだてて話を聞いた。バスローブ姿で出ていくことはできないけれど、仕事のトラブルなら少なからず美春にも関係があると思ったからだ。

「殿下、ずいぶんすっきりしたお顔をされていますね」

「あぁ、お前の嫌味も気にならないほどにご機嫌だな」

アルフレッドは何か資料を読みながら、昨夜のことを思いだしたのかフッっと口元を緩ませた。それを見てキースは不満を表した。

「私がミス・コモリに大変な思いをさせられているときに……」

溜息をつくキースを見てアルフレッドは、肩を揺らした。

「ミス・コモリは素敵な女性じゃないか。堅物のお前にはあれくらい型破りな相手の方が合っているだろ？」

「何をおっしゃいますか。私は殿下に仕える身ですので、私のことはどうぞお構いなく。それよりも、殿下こそ大丈夫なんですか？」

アルフレッドが資料から顔をあげて、キースの顔を見る。

「どういう意味だ？」

さっきとは違い固い声だったが、キースは気にも留めない。

「ミス・タカミネのことです」

美春は扉の向こうで、自分の名前が出てきたことに驚いた。

（もしかしたら、聞いちゃダメな話かもしれない）

そう思ったが、好奇心から扉を離れることができない。

「あなたは、彼女ご自分の傍に置いた本来の意味をお忘れになられているんじゃないかと申し上げているんですよ」

（本来の意味？）

美春がＣＥＯ室付きの秘書になったのは、日本語や文化に関して彼らの補佐をするためだ。でもそれ以外の理由があるというのだろうか？

「何が言いたいんだ？　はっきり言え」

アルフレッドのイライラした態度にも、キースはひるまない。

「まだ彼女の横領の疑惑の可能性がゼロになったわけではありません。きちんと彼女の潔白が証明されるまでは、このように深い関係になるのはお控えになられるべきだったかと――」

「お、横領⁉」

美春は自分とはまるで結び付かないの単語が飛び出してきて、驚きの声をあげた。そのはずみで扉が開く。

「美春、聞いていたのか？」

アルフレッドがソファから立ち上がると同時に、その動きを制するようにキースが口を開く。

「ミス・タカミネ、あなたには会社のお金を横領した疑惑をかけられています」

「私、そんなことしていませんっ！」

美春はキースに詰め寄り、抗議する。

「それを証明できますか？　あなたは税理士の中西と一緒に多額の金を横領したのではありませんか？」

「中西……さん？　彼とは仕事上の知り合いというだけです」

「そうですか、でも全く釈明にはなっていませんね」

キースは取りつく島もないほど、美春をバッサリと切り捨てる。

「やめるんだ、キース」

主の言葉に、キースは素直に従った。しかし美春は納得できない。

「アル、どういう意味？　私が横領をしているかもしれないから、そばに置いたの？　何か証拠をつかめるかもしれないと思ったから？」

「ちょっと、落ち着いて」

アルフレッドの言葉も、今の美春には届かない。

「落ち着けるわけないじゃない。自分が濡れ衣を着せられそうになっているのに、落ち着けるわけないよ。悪いけど、私は横領なんてこと絶対してないし、そんな疑いがかけられる理由もわからない」

「でもあなたが、中西とつき合っていたという噂も社内ではあるようですが」

「キース！」

アルフレッドが大声でキースを制し、興奮する美春の手を取る。しかし美春はそれを払いのけた。

「結局……いつもアルは私を裏切るのね。三年前も、今も」

美春のまなじりにたまっていた涙が、ポロリと頬を伝う。それを拭うと自分の洋服を持ち、寝室にあるバスルームに立てこもった。

――ドンドンッ。

「ミハル、出てきて話を――」

「聞きたくない。着替えるから出て行って……今はアルの顔、見たくないの」

美春の言葉に、扉をたたく音がピタリと止まった。

「わかった……俺は部屋を出ているから、ゆっくり身支度をするといい。でも、君をこのまま帰すことはできない。落ち着いたらちゃんと俺の話を聞いてくれ。わかったか？」

美春は彼に対し、何の反応もしなかった。できなかったという方が正しい。幸せの絶頂から一気にどん底に突き落とされた美春は、床にしゃがみこみ、ただ涙を流してこの胸の痛みに耐えることで精一杯だったのだ。

——コンコン。

ドアをノックする音がして美春は、我に返って腕時計を確認した。寝室に立てこもってすでに一時間ほど経過している。身支度はすっかりできていたが、怒りと悲しみに全身を支配されていて何もできず、時間だけがいたずらに過ぎていた。

「ミハル……出てきて、話をしよう」

扉の向こうからアルフレッドの声がする。彼の声を聞いただけで、止まりかけていた涙が溢れそうになる。でもなかなか返事ができない。

「ちゃんと話を聞いてほしい。いつまでもこのままじゃダメだ」

アルフレッドの声は、落ち着いていて美春を諭すようだった。しかし美春は扉を開ける勇気が出ない。

三年前にうけた古傷がずきずきと痛む。何も反応しない美春になおも、アルフレッドが声をかける。

「俺はもう、三年前みたいになりたくない。俺たちはいろいろなことにふたりで向き合わなくちゃいけない。そうだろう？　もう同じ間違いは二度と繰り返したくない」

（間違い？　間違いは……もう一度出会って、そして好きになってしまったことよ）

そう思うと、胸が締め付けられて呼吸が苦しくなる。しかしまだあふれそうになる涙をこらえて美春はドアノブに手をかけた。

（アルフレッドの言う通り、このままじゃ三年前と同じだ。ちゃんと前に進むために、話をしよう）

いつまでも立てこもっているわけにはいかない。ここできちんとケジメをつけておかなければ、一生アルフレッドに気持ちを縛られたままで生きていかなくてはいけなくなってしまう。

ゆっくりと扉を開くと、その隙間に美春が閉じることができないようにアルフレッドの手が差し込まれた。そのままグイッと開かれる。

「ミハル……」

涙で赤く腫れた美春の目を見て、アルフレッドの顔が一瞬にして曇る。そしてすぐに美春を抱き寄せた。

「そんな顔させて、すまない」

美春は自分をこんなふうにした張本人の腕に抱きしめられていた。しかしそのぬくもりが、今朝までの幸せだった時間を思い出させて、拒否することができない。

矛盾に満ちた自分の行動と感情についていけずに、ただ涙を流すだけだった。

「お取り込み中のところ、申し訳ありませんが。間もなくお時間です」

アルフレッドの背後から、キースの声が聞こえる。しかし彼は腕をゆるめずにいた。

「ダメだ。まだミハルと話ができていない」

ますます腕に力を込めてアルフレッドがキースに返事をした。

「しかし殿下、会議のお時間が迫っております」

キースのいつもと変わらない冷静な態度が、アルフレッドをイラつかせた。「チッ」と彼らしくない舌打ちをしたあと、まだ涙を流す美春の頬に口づけた。

「悪いが……一緒に来てくれ。君にも同席してほしい」

「えっ？」

「行くぞ」

美春が答える前に、すでにアルフレッドは彼女の手を引いて歩き出していた。有無を言わせぬ態度だったが、真剣な表情のアルフレッドに美春は何も言えず、ただついて行くだけだった。

手を引かれたまま到着したのは、いつも重役会議が執り行われる会議室だった。中からは複数人の声が聞こえてきていたし、向かいからも数人が談笑しながらこちらに歩いていた。

美春は咄嗟にアルフレッドの手をふりほどいた。しかし彼はもう一度その手をつかもうとする。それをキースが止めた。

「殿下、彼女にも立場というものがあります。その点をご理解ください。私共は末席にて待機しておきます」

毅然とした態度で、歩き始めたキースに美春も続く。会議室の後ろに置かれた椅子に、キースと並んで座った。

会議室には部長以上の役職の面々が集まっていた。皆、アルフレッドが足を踏み入れると雑談を中断した。

会場の中を見回していて、目に入った人物に驚く。中西の姿があったからだ。経理部長となにやら話をしているようで、末席に座っている美春には気が付いていないようだ。そもそも美春はCEO付きの秘書だ。重役会議に出席していたところで誰も不思議には思わない。

そして中西も顧問税理士という立場で、たびたびこういった会議に出席することもあった。

美春は背後から中西の背中をじっと見ていた。アルフレッドが言った横領事件が事実ならば彼はそれに関与していて、さらに美春を巻き込んだことになる。

どういう経緯で、またどういうつもりだったのか問い質したい気持ちをぐっと抑えて会議が始まるのを待った。

しばらくして総務部長の司会で会議が始まった。すぐにCEOであるアルフレッドがマイクを取る。

するとキースが立ち上がり、別の資料を配り始めた。情況がわからない美春はそのまま彼の様子を見ている。次の瞬間、背後に視線を向けた中西が美春を見つけて驚いた顔をする。

　彼と顔を合わせたのは、会社の玄関で待ち伏せされて以来だったけれど、今朝のあの話を聞いて憎悪はどんどん増していた。彼が視界に入るのも嫌になった美春は頭を下げ、手元の資料を見るフリをした。

　アルフレッドが話し始めると、全員の視線が彼に集中した。

「さて本日お集まりいただいた会議なんですが、議題に少し変更があります」

　アルフレッドの言葉に場内が一瞬ざわついた。しかし彼はそんなことを気にすることなく話を続ける。

「さきほど配布した資料の一枚目をご覧ください。これはわが社の半年前の試算表になります」

　資料には数字が羅列されていて、一見問題がないように見える。

「そして二枚目の資料も半年前の試算表です」

　確認すると両者はところどころ数字が違う。こちらの方が利益が大幅に出ている。

「これが意味することがわかりますか？」

　重役のひとりが「……二重帳簿」と漏らした。それまで静かだった会場から声が上がる。

「いったい、どういうことですか？」

　法務部の部長が声をあげた。彼も知らされていなかったらしい、全員の視線が経理部の部長と中西に集まる。

「な、何を言ってるんですか？　そもそもなんの根拠も示されていないじゃないですか」

焦りながらも、二重帳簿の存在を否定する。それをフォローするように中西が話し始めた。

「この月だけの試算表を示されても、どういうことなのか説明しかねます。全体の流れを把握しないと何とも申し上げられません」

「そうですか、記憶に全然残っていないと？」

アルフレッドは鋭い視線で中西を見る。

「ええ。私もこちらだけを担当しているわけではないのでね」

落ち着き払った様子だった。これではアルフレッドと中西の、どちらが正しいのか判断しかねる。

「では、こちらをご覧下さい」

会議室の前にあるスクリーンに画像が映った。そこにはとあるリネンの業者の伝票が表示されていた。

アルフレッドは、中西を追いつめるように話を続ける。

「先方に確認をしたら一年前から、向こうの帳簿にも不審な動きがあったということです。確認していくと、売り上げが我が社の仕入れの金額と大幅なかい離があった。いったいその差額はどこに消えたんだ？」

「知りませんよ……」

真っ青な顔をしている経理部長の隣で、中西はシラを切っているように見える。分が悪くなってきてはいるが、まだアルフレッドが核心には触れていないからだ。

「もし、そういう由々しき事態になっていたとして、気がつかなかった私にも問題はもちろんあります。しかし一番悪いのはこれを行った本人のはずです。まずはその人を責めるのが筋では？」

会場にいる面々から疑惑の目を向けられているにも関わらず、中西の言葉は自信に満ちている。なんらかの切り札を持っている様子だった。

「ここまでの話をするなら、ＣＥＯも確固たる証拠をお持ちなのではないですか？」

アルフレッドの顔が一瞬曇った。しかし意を決したように、スクリーンに新たな資料を映し出す。

「これはっ……」

それは会社の入出金の履歴とその担当者の一覧だった。他の支払先には毎月一回が基本なのに、この会社には二、三度、振込がされている。一般の社員では見ることのできない管理者のみが閲覧できる画面だ。

振込は個人のＩＣカードを読み込ませないとできない。必然的にそこに名前が表示された人が振り込んだことになる。

そして問題の会社への支払い担当は――。

「うそ……」

信じられない状況に、思わず言葉が口をついて出た。

「おや、振込をされたのは、現在ＣＥＯ秘書をされている高嶺さんじゃないですか」

ざわめきが一層大きくなり、会場にいる人の疑いの眼差しが一斉に美春に向けられる。

「どうして？　私、そんなことしていません」

美春は経理課在籍の一年半の間、何度か振込作業を行ったことはある。しかしこんな不自然なお金の流れを目にした記憶はなかったし、ここ半年は支払いの担当をしていなかった。

椅子から立ち上がり、身の潔白を訴える。けれど中西はその様子を鼻で笑いなおも追及の手を緩めなかった。

「ここまで証拠が出ているのに、今さら何を言っているんですか？　往生際が悪いですよ。ＣＥＯ自身が動かぬ証拠を見つけられたのです。逃げられるわけがない」

たしかに今ここで無実だと訴えても、その証拠はない。悔しさを噛み締めぐっと拳を握り、視線をアルフレッドに向けた。彼も、美春が犯人だと思っているに違いない――そう思って。

しかしアルフレッドの表情には余裕があった。彼が無言で強くうなずくと、そのしぐさの意味がわからないのに、なぜだか美春は気分が落ち着いた。

「まだ決めつけるのは、早すぎる。これを調べていくと、彼女の古いＩＣカードを利用して振込が行われているようなんだけれど、高嶺さん、君は以前ＩＣカードを紛失して、再発行の依頼をしているね？」

「はい……きちんと始末書を書いて、規定の手続きを踏みました」

アルフレッドがさらに突っ込んだ質問をする。

「それは、いつ頃？」

「……一年前くらいです。経理部長もその件はご存知のはずです」

「そうだね。私が確認した再発行の申請書には、きちんと経理部長の印鑑も押してあった。そして古いＩＣカードの無効化の手続きをするのも、彼の仕事だ」

経理部長の顔からは、すっかり血の気が引いてしまっている。

「そ、そ、それは……あの、その」

その可哀想なほどのうろたえぶりに、彼が何らかの事情を知っていると周りにいる誰もが気がついた。助けを求めるように中西の方を見るが、彼は冷たい視線を返すだけだ。

アルフレッドが経理部長をさらに追い込む。

「私の見解では、あなたが彼女のＩＣカードを無効にせずシステムを操作した、もしくはさせたんじゃないんですか？　少々あなたの経歴について調べさせてもらいましたが、事業部から異動してきたもともと経理畑ではないあなたが、完璧に不正を隠した帳簿をひとりで作るのは無理だ。おそらくその手のことに詳しい共犯者がいる。違いますか？」

「いや、ち、違う。私は……中西くんが」

隣にいる中西を全員が見る。すると彼は慌てたように立ち上がり弁明をする。

「な、なんですか？　私が共犯だと誤解を与えるような言い方はやめてください」

「そんな、何を言って……君が最初この話を持ちかけてきたんだろう？」

仲間割れを始めたふたりに、周囲の冷ややかな視線が投げかけられる。そんなふたりをアルフレッドが一刀両断にした。

「言い訳は見苦しいだけです。総務部長と、法務部長。あなたたちに彼らの処分についておまかせします。社内規定と法律にのっとって処分を決めてください。また顧問弁護士に相談して中西氏への損害賠償請求にもすぐにとりかかってください」

重責を担わされた総務部長と法務部長は、真剣な面持ちでアルフレッドの命を受けた。

そんななか経理部長はヘナヘナとその場に座り込み、中西は顔面蒼白でその場に立ち尽くしていた。


それから、アルフレッドと総務部長と法務部長によって、今回の事件の調査が行われた。もちろん美春も事情を聞かれ、事実をありのままに告げた。そして事件が事件だけにもう少し調査が必要だということで、告訴も視野に入れて後日、弁護士を交え詳しい調査と協議を重ねることになった。

アルフレッドと美春はまだ細かい打ち合わせをしているキースを残して、ふたりでスイートルームに向かう。

部屋に入ると美春は部屋に備え付けてある簡易キッチンで、アルフレッドにハーブティーを淹れた。これはレイヤールが産地の有名なお茶だ。少しでもリラックスできるようにとのホテルの計らいだった。

「ミハルも座って」

そう促されてソファに座っているアルフレッドの隣に腰掛けた。

「今朝の話の誤解を解こう」

「あ、うん」

横領の話は事実だった。結局のところ美春自身は巻き込まれただけだと、今日の段階での調査では皆そういう結論に至った。

美春の中では、アルフレッドがこの事件に彼女がかかわっているのではないかという疑いのために近くに置いたのかもしれないという疑惑は晴れずにいた。彼の口からその事実が告げられるのに耐えられるか自分でもわからなかった。

「どこから話せばいいかな……」

アルフレッドは過去を思い返しているようだ。美春は黙ってじっと彼の言葉を待つ。

「カメリアホテルの買収について話が持ち込まれたのは約一年半前。そこで目にしたホテルのＨＰのリクルーター向けのコンテンツに君の姿を見つけたんだ」

それはまったくの偶然だった。もともとアルフレッドはレイヤールの観光事業に携わっていた。その一環で出た買収話を進めていくうちに、美春の存在に気が付いた。

「カメリアホテルが魅力的だったっていうのもあるけど、今の君がどんなところで働いているのか気になった。しかし、話を進めていくうちに、不審な金の動きが見えてくるようになったんだ。そしてそこにミハルの名を見つけて驚いた」

それが今回の横領事件だ。

「それで、容疑者の私を手元に置いたの？」

自分で言ってみじめになる。しかし、そうでなければ、彼が無理やり美春を秘書にした理由がわからない。

「それは誤解だ。最初から俺はミハルが犯人だなんて思っていない。俺の知っている君はそんなことをするはずはないからだ」

真剣な目はそれが、彼の本心だと物語っている。

「信じて……くれていたの？」

アルフレッドの言葉に驚いた。彼は美春が手切れ金としての小切手を受け取ったと思っているはずだ。それにもかかわらず、美春のことを信じていたということだろうか？

「信じられないわ。だってアルは私があなたを裏切って、お金を受け取って日本に戻ったと思っていたんでしょ？」

わざと自分が不利になる質問をぶつけた。

「それでも、俺の知っているミハルはそんな人間じゃない。そう思いたかっただけなのかもしれないけど」

アルフレッドはハーブティーを一口飲んで、自嘲気味に笑う。そんな彼の言葉に美春は、三年前彼を信じきれなかった自分を恥じた。

「私、アルにそんなふうに思ってもらう資格ないよ。あの時、私はあなたを信じきれなかった。だから逃げるようにして日本に帰ったのに」

美春が自分の弱さに涙を浮かべた。

「そんなことは、関係ない。俺がミハルを信じたかっただけだから」

アルフレッドの腕が美春を抱き寄せ、包み込んだ。伝わる体温が美春の涙腺をなおも緩ませ、ポロポロと涙が頬を伝う。

「俺はミハルを守るために、自分の手元に置いた。中西や経理部長がこれ以上君を利用できないようにしたかっただけだ。まぁ、俺のエゴかもしれないけどな」

アルフレッドの言葉を、美春は頭を振って否定した。彼の愛情がどれほど深いものだったのかと思うと、痛いほど胸が締め付けられた。

「三年前、レイヤールに帰国して事故で負傷した兄の代わりに公務を遂行してきた。目の回るような忙しさの中、ミハルのことをあきらめたのは俺自身だ。だから、ミハルが自分を責める必要はない。でも、HPの中に君を見つけた瞬間、それまでのことを後悔したんだ。だからこそ、ミハルが俺のことをどう思っていようとも、俺はミハルを守りたかった。ただそれだけだよ」

美春はこんなにも自分が大切に思われているとは想像もしていなかった。アルフレッドはこの広い地球上でもう一度自分を見つけ出してくれ、そしてこんがらがった糸を元通りにしてくれた。

「ありがとう……ありがとう、アル」

震える涙声で、感謝を伝えることしかできない。そんな美春をアルフレッドの強い腕が抱きしめる。

しばらくアルフレッドの腕の中で、彼に身を預けた。美春が泣き止むまで、アルフレッドは子供をあやすように、彼女の髪を撫で続けた。

やっと美春が落ち着いてきた頃、アルフレッドがポソリと呟いた。

「ミハルに隠し事をすると、ろくなことがないな」

彼が身分を隠していたこと、そして今回美春を守るために手元に置いたこと。どちらも理由があったにせよ、ことの発端はそれらを隠したことにある。

「もう、隠し事はない？」

腕の中で美春がアルフレッドを見つめる。

「あぁ。あと隠してることといえば——」

「ま、まだ何かあるの？」

美春は眉を寄せる。

「あぁ、ミハルが死ぬほど好きだってこと」

そう白状すると、アルフレッドは彼女を抱き寄せて唇を奪った。直前の言葉を裏付けるような情熱的なキスに、美春も負けじと応える。

長いキスの後、額と額を付けてお互いを笑顔で見つめ合う。もう一度唇が重なりそうになった瞬間、ノックの音が聞こえた。

驚いた美春は、慌ててアルフレッドと距離を取る。

「もうよろしいでしょうか？　殿下」

扉の向こうから、キースの声が聞こえてきた。中の様子はわからないはずなのに、全てお見通しのような言い方だ。

「あぁ、今、開ける」

小さな舌打ちをした後、そう告げたアルフレッドは盗むように美春に小さなキスをして、扉へ向かった。

第六章　元教え子のCEOと永遠の愛を誓います。

その後、アルフレッドはキースに連れられ、現時点での事件の結果の報告を聞きに向かった。

美春はというと、「部屋で待っていて欲しい」というアルフレッドの願いを聞いて、彼の部屋で少し仕事をこなしたあと彼の帰りを待っていた。

再会し、もう一度深い仲になったあとも、これほどまで彼の帰りを待ちわびたことなどないように思う。アルフレッドの誠実な思いが美春の恋心を大きくした。

（まだかな……。連絡して邪魔しちゃったら申し訳ないし……）

あれこれと落ち着かない気持ちのまま悩む。しかしその悩みさえも楽しめる、そんな状態だった。

ずっと気にかけていた扉の向こうから物音が聞こえた。アルフレッドだと思った美春はソファから飛び降りて、素早くドアを開ける。

「おかえりなさい。アル！」

勢い良く扉を開けた美春は、相手を見て思わず絶句したあと顔を赤くした。なぜならそこに立っていた人物はアルフレッドではなく、きちんとスーツを着こなした外国人男性だったからだ。

「も、申し訳ございません」

相手が外国人だというのに、焦りすぎて英語さえもまともに出ずに日本語で頭を下げた。しかし相手からも美しい日本語が返ってくる。

「私は戻ってきたわけでも、アルフレッドでもないが――君はいったい誰なのかな？」

「あの、私は――」

「ミハル!!」

男性の背後から、小学生くらいの男の子が顔を出した。その顔に見覚えがあった美春が声をあげた。

「マシューなの？」

「うん」

名前を呼ばれて喜んだマシューは彼女に駆け寄ってきた。そして美春はそんな彼を抱きとめた。ずいぶん伸びた身長に少し戸惑いながら。

「ミハル……というと、君が――」

男性が美春に声をかけようとしたとき、廊下から大きな足音が聞こえて来た。

「兄上っ！」

男性の背後にアルフレッドの姿が見えた。

（アルの……お兄さん、ということはレイヤール王国の次期国王⁉）

とんでもない訪問者に美春は驚き固まってしまう。それを見たキースがすかさず声をかけた。

「ミス・タカミネ。レイモンド殿下をお待たせしてはなりません。すぐに部屋の中へご案内ください」

「あっ……はい。申し訳ありません」

我に返った美春は、すぐに入り口から身を引いた。するとキースがさっと前に出て、皇太子をソファへ案内する。

そのあとに続いてアルフレッドが部屋へ入ってきた。

美春の顔を見つめてニコッと笑い、背中をポンと叩いた。たったそれだけのことなのに、こわばっていた美春の身体から力がぬけた。

本来ならば美春はこの場所にいるべきではない、そう思うがマシューに手を引かれアルフレッドに背中を押され、ソファに座る皇太子の前に立った。

「兄上、こちらミス・タカミネです。現在は私の秘書をしています」

「はじめまして、高嶺美春です」

アルフレッドが日本語で美春を紹介したので、美春もそれに従う。

「あぁ……お話はかねがね。レイモンド・トーマス・ヘンダーソンだ。立ったままでは話がしづらい、ふたりとも座りなさい」

「はい」

アルフレッドに促され、彼の隣に座る。マシューは父親の隣に移動してすでにソファに座っていた。

美春の掌は緊張で汗が滲んでいた。まさかここで、皇太子と対面するなどと思っていなかったからだ。その溢れる威厳に萎縮してしまう。

美春は不安そうにアルフレッドを見つめる。すると美春の汗ばんだ手を、アルフレッドが優しく包んだ。まるで『大丈夫だよ』と言い聞かせるように。

美春は一呼吸して背筋を伸ばし、皇太子に向き合った。

「ここは、弟のプライベートな部屋だと聞いていたのだが、君は秘書としてこの部屋にいたのか？」

いきなりストレートな質問をされて、思わず息を飲んだ。どう答えればいいのかわからない。言葉に詰まった美春を助けようとアルフレッドが口を開く。

「兄上、彼女は――」

「アルフレッド、私は彼女に聞いているんだ」

ピシャリと言われ、すぐにアルフレッドが口をつぐんだ。それを見た美春の緊張はさらに高まる。

「……あ、あの。私は……プライベートな時間を過ごすために、彼をここで待っていました」

この雰囲気の中、上手くごまかすこともできず美春は事実を告げた。

それを聞いたレイモンドの眉が僅かにピクリと上がった。たったそれだけのことにビクビクとしてしまい、それに堪えようと拳を強く握った。

しかしそんな美春のことなど鑑みず、レイモンドは話を続けた。

「私の記憶では、君たちはすでに三年前に破局しているはずだが。そうじゃなかったのか？　キース、どうなっているんだ？」

ちらりとアルフレッドの背後にいるキースに視線を向けた。ほんの一瞬だったがそのレイモンドの視線の鋭さに美春は縮みあがる。

「……はい。三年前に間違いなくおふたりは――」

「では、今こうして彼女がここにいるのはどういう理由からだ？」

いつも冷静なキースさえも、どう対処していいのかわからないのか口をつぐんだ。

「兄上、それは私から説明いたします」

すかさずアルフレッドが口を開いた。

「たしかに、三年前のオーストラリアで私とミハルは一度別れました。ですがこうやって日本でまた出会ってしまった。お互い、過去のすれ違いにいつまでもとらわれず、今は心の底から一緒にいたいとそう思っています」

アルフレッドが真剣に皇太子に訴えかけた。美春も彼と同じ気持ちだ。アルフレッドを思う気持ちをこれ以上抑えることはできない。

しかしそんなふたりに、皇太子は冷めた言葉を投げかけた。

「お前は、別れ際に金を受け取った女のことがまだ好きだというのか？　彼女に小切手を渡したんだろう、キース」

ぐっと口をつぐんだままだったキースが「はい」と小さく返事をした。

たしかにあのとき美春は小切手を受け取った。しかし美春が要求したわけでも、喜んで受け取ったわけでもない。そうすることでアルフレッドが納得できるのならば、受け取った方が良いと思ったからだ。

しかしそんな美春の気持ちも、今になっては証明する術がなかった。肝心の小切手は三年前クシャクシャにして屋敷のゴミ箱へ捨ててしまっていた。美春は今さらながら過去の自分の軽率さを責める。

「一度美味しい思いをした人間は、また同じことを繰り返す」

皇太子の言葉に、それまで静かにしていたアルフレッドが噛みついた。

「それでは、彼女がまた金の無心をするとでもおっしゃりたいのですか？」

「あぁ、お前もわかっているだろう。何度も経験したことだ」

そう言われたアルフレッドは苦虫を噛み潰したような顔をした。おそらく以前関係のあった女性との間に、そういったことがあったのだろう。しかし、だからと言ってアルフレッドは今度は黙って引き下がるつもりはなかった。

「ミハルは今までの女性とは違う。違うんです」

「差し出がましいようですが――」

それまで積極的な発言をしていなかったキースが、突然話し始めた。

「アルフレッド殿下のおっしゃる通り、彼女は今までの女性とは違います。小切手の件は、私がアルフレッド殿下のために受け取って欲しいと彼女を説得したのです。当時は、レイモンド殿下の事故もありアルフレッド殿下に公務に集中していただくためにも、彼女の存在が邪魔だと私が判断いたしました」

その言葉にこの場で一番驚いたのは、アルフレッドだった。

「なっ……キースそれは本当なのか？」

彼は立ち上がり、怒りをあらわにした。

「アルフレッド殿下の怒りはごもっともです。後ほどいかなる処分もお受けいたします。ですが、最後まで話を聞いてください」

「アル、待って。今はキースさんの話を聞いて」

なだめる美春の言葉に、アルフレッドは拳を強く握って、ソファに座り直した。

それを見たキースは、言葉を続けた。

「彼女は再会してから、アルフレッド殿下にそのことを伝え、自分の潔白を告白するチャンスはいくらでもあったのに、それをしませんでした」

「どうしてかな？　ミス・タカミネ」

「それは……」

レイモンドに話を振られた美春は、キースの顔を窺う。彼が小さくうなずいた。美春は次にアルフレッドの顔を見る。すると彼は勇気づけるように、美春の手を握りしめた。

決心した美春は、自分の気持ちを口にした。

「キースさんから小切手の手配を彼がしたことを聞きました。アルの態度からも、それが事実だろうと」

アルフレッドが美春の手をより強く握る。彼にとっては側近の裏切りの話――聞きたくない内容だろう。

「事実を話せば良かったのかもしれません。私の潔白は証明されます。でも、事実を知ればアルが傷つくかもしれないと思うと、言い出せなかった。彼にとってキースさんは側近であると同時に、長い間苦楽をともにしてきた戦友です。そんな彼の裏切りに傷ついてほしくなかった。それならば、私が黙っていれば済むと思ったんです」

「ミハル……」

アルフレッドが、美春の肩を抱き寄せた。彼の強い腕に抱かれ身を寄せる。やっと自分の思いを口にすることができた美春はすっきりした気持ちだ。

そんな彼女の様子を見て、キースが口を開く。

「彼女の行動は全てアルフレッド殿下のためなのです。たとえご自身が辛い思いをされても、彼女は何よりも殿下のお立場を考えて三年前、私から小切手を受け取ったのです」

美春は驚いた。まさかキースが自分を庇ってくれるとは思っていなかったからだ。味方が増えたと思うと、心強くなる。

しかし目の前のレイモンドは、難しい顔をしたままだ。

「しかし、彼女は小切手を受け取った。いくら綺麗事を並べたとしても結局は金の力に負けたのではないか？　あなたが小切手を使っていないならば、その小切手はいったいどこに消えたのだ？」

口ではどう言えても、証明するものが何もない。過去に戻って取り戻せるなら、すぐにあのゴミ箱の中の小切手を取り戻したい。そう思えるほど、今美春は自分の気持ちを証明する術を何も持ち合わせていなかった。

唇を噛んでうつむく美春。アルフレッドが慰めるように背中をさすったけれど、彼も今すぐ美春の無実を証明することができずもどかしい思いをしていた。

部屋の中を沈黙が支配する。重苦しい空気を破ったのは思いもよらない人物だった。

「それなら、僕が持っているよ」

それまで大人の話を黙って聞いていたマシューが突然立ち上がった。

「何を言っているんだ。子供には関係のないことだ。静かにしていなさい」

レイモンドにそう言われても、マシューは首を振って従わなかった。そしてここに来て一時も降ろさなかったリュックの中から、ビニールの袋を取り出した。

そこには紙切れが入っている。

「お父様、これを見てください。小切手ってこれのことですよね？」

マシューから透明なビニール袋を受け取ったレイモンドは、中身を見て目を丸くした。

「これはっ……いったいどこで？」

マシューはアルフレッドと美春を見て、唇を噛んだ。そして決心したように告白する。

「——ごめんなさい。これ、実は三年前にアンナから預かっていたんだ。アルに渡すように頼まれていたのに、僕、忘れちゃって——」

美春がオーストラリアを離れた後、入れ替わるようにしてレイモンドの家族が事故の養生のために、あの家に滞在していたのだ。その際、アンナから受け取ったそうだ。

「アンナが、パパやママ、キースにも絶対言っちゃいけないって。内緒でアルに渡してって言っていたのに、僕すっかり忘れてて。本当にごめんなさい」

おそらくずっと屋敷にいたアンナはその小切手がどういうものか、察したのだろう。それをアルフレッドの元に届けることによって、美春とアルフレッドがもう一度やり直すきっかけになればいいと思ったに違いない。

深々と頭を下げるマシューの隣で、レイモンドは額に手を当てている。

「だから、今回の訪日にどうしても同行したいと駄々をこねたのか」

父の言葉にマシューはうなずいて「ごめんなさい」とか細い声で答えた。そんな息子を慰めるようにレイモンドは彼の頭を優しく撫でた。

そして、アルフレッドも反省しているマシューをなぐさめるように声をかける。

「マシュー、ありがとう。ちゃんと思い出してくれて」

アルフレッドの言葉に、マシューは弾かれたように顔を上げた。

「怒ってない？　ミハルも？」

うかがうように、美春の顔を恐る恐る見ている。それに美春が応えた。

「怒るだなんて、とんでもない。私はマシューが持っていてくれたその小切手のお陰で私のアルへの気持ちを証明することができたの。マシューこそ、ご家族が大変なときだったのでしょう。忘れていても仕方がないことです」

子供ながらに責任を感じていたマシューは、美春の言葉にソファから立ち上がり彼女の元に歩いて行って、そして首に手を回し抱きしめた。そして「ごめんなさい」ともう一度美春に謝罪した。

美春は彼を抱きしめ返して、「ありがとう、助けてくれて」と彼に言った。その言葉を聞いてマシューは、やっと笑顔を浮かべた。

マシューはそのまま美春の隣に座った。そんな息子の様子を見たレイモンドは、観念したように小さな溜息をつく。

「アルフレッドに、キース、マシューにアンナまで……みんなあなたの味方ですね。ミス・タカミネ」

「あ、あの、はい」

美春は素直にうなずいて、アルフレッドを見る。すると彼もうれしそうにうなずいた。

「ここで私が反対すれば、皆に嫌われてしまうだろうな。いや、先に謝っておかなければいけないね。試すようなことを言ってこちらこそ悪かった」

　これまでの雰囲気とは打って変わって、レイモンドがニッコリと美春に笑いかけた。

「レイモンド殿下？」

　美春はその意味がわからずに、キョトンとしてしまう。そんな彼女に種明かしとでも言わんばかりに、レイモンドが話を始めた。

「もともと今回の訪日の目的は、あなたに会うためですよ。ミス・タカミネ」

「私に？」

　ますますよくわからず首をひねってしまう。

「弟がこれほどひとりの女性に夢中になることなど、今までなかったのでね。どんな女性なのか気になって。このカメリアホテルの買収が決まってから、弟が見違えるようにやる気に満ちてね。コイツをこんなふうにさせる相手とはいったいどんな人なのか、一度会ってみたくなったんだよ」

「ちょ、兄上」

　いろいろとバラされて恥ずかしくなったアルフレッドは、すっかり慌てている。美春には見せないその姿が新鮮だ。

「なんだ、事実だろう。レイヤールで公務をやっていたときとは全然違う。お前が仕事に邁進できるのは、彼女の力が大きい。違うか？」

　レイモンドの問いに、アルフレッドが答えた。

「いえ、そのとおりです。彼女は私にとってかけがえのない人ですから」

美春の手が、再度アルフレッドの大きな手で包まれた。三年前、一度離れてしまったその手だったが、今こうして、前よりも強く結ばれている。

握る力の強さと温かさに、美春の目に涙が浮んだ。アルフレッドは美春を愛おしそうに見つめた。

そんなふたりをレイモンドが温かい目で見ている。

「三年前、私の事故のときにお前は自分のことを犠牲にして、私の代わりに公務に邁進してくれた。私は静養中に、復帰した暁には、お前を自由にしてやろうと決めていたのだよ。やっとそのことを伝えることができた」

「兄上……」

「ミス・タカミネ。あなたは、アルフレッドのそばにいる覚悟はできていますか？　こいつの隣にいれば、いろいろと面倒なことがついて回ることになる」

レイモンドが言っているのは、アルフレッドの地位や立場のことだろう。

いつかキースに「覚悟を持て」と言われたことを思い出した。そのあと美春は時間をかけてその答えを考えていた。

「私は……自分が何も持たない人間だと自覚しています。彼は私とはまったく違う世界の人です。でも、もう二度と彼とは離れたくありません。三年前のように身を引き裂かれるような思いをするくらいならば、彼の隣で彼と共に苦楽を乗り越える道を選びたいと思います。――アルが、それを望んでくれるならば」

「ミハルっ！」

　喜びに堪えきれなくなったアルフレッドが、美春を抱き寄せ腕に力を込めた。その背中に美春も手を回す。

　そんなふたりを満足そうな笑顔で見たレイモンドは、ソファを立った。

「さて、目的は果たしたから、私たちは行くよ。マシュー来なさい」

「え～、ミハルともっと一緒にいたい」

　不服そうに頬を膨らませたマシューは、美春の側を離れようとしない。

「いいから、人の恋路は邪魔するものじゃない。覚えておきなさい。ほら早くしないと、アミューズメントパークが閉園してしまうぞ」

「え、わかった。ミハル、明日遊ぼうね」

　ほんの一瞬前までマシューは美春の横にいたのに、今はすでに父親の手を握っている。こうやって見ると、ふたりは普通の親子に見える。

「では、ミス・タカミネ。次はもう少し落ち着いてお話しましょう。あ、それとお前の念願の国営ホテルの建設許可が降りたぞ」

　レイモンドは扉の前で振り返り、美春とアルフレッドに声をかけた。それに応えるようにふたりは頭を下げた。

　バタンと扉が閉まると、部屋には三人だけになった。

美春が振り返ると、キースが膝をつきアルフレッドに頭をさげていた。

いつもはアルフレッドに対してさえ、堂々とした態度のキースがこのような形で頭を下げるなどと想像もしていなかった美春は驚いて目を見開く。

さっきまでの和やかな雰囲気が一気になくなり、アルフレッドは冷たい視線をキースに向けていた。

「あの……アルフレッド」

「ミハル、ちょっと黙ってて」

その場の空気を少しでも変えようとしたけれど、アルフレッドに一蹴されてしまう。どうすることもできずに、成り行きを見守るしかなかった。

「なにか、言い訳があるなら、聞くが？」

「いいえ。先ほど申し上げたことが全てでございます。加えて言うならば、あの時殿下のスマートフォンをわざと壊し、彼女との連絡を取れなくしたのも私の仕業です」

申し開きもせず、そのまま頭を下げ続けているキース。そんな彼の胸ぐらをアルフレッドがつかみ、無理矢理立ち上がらせ拳を振り上げた。

「やめて、アルっ！」

しかし美春が止めるのも聞かずに、アルフレッドの拳はキースの頬を直撃した。キースは殴られた勢いで、壁にぶつかった。唇を切ったのだろうか、血が滲んでいる。

「キースさんっ！」

美春が駆け寄り手を貸そうとするが、その前にアルフレッドが一歩早く彼に近づいた。

また殴りかかるのかと思い、美春はハラハラしていたがそれは杞憂に終わった。

アルフレッドはキースに手を差し伸べると、彼が立ち上がるのを手伝ったのだ。

「三年前のこと、俺は一生許さないからな。悪いと思うなら、これからも俺のために馬車馬のように働け、わかったか？」

そんなアルフレッドの言葉にキースはニヤリと笑った。

「馬車馬とは、これまた難しい日本語をご存知ですね。家庭教師の腕がよっぽど良かったのでしょうか？　それはさておき、おっしゃるとおり、これからは殿下とミハル様、おふたりのために、人生を捧げたいと思います」

キースの言葉に美春は驚く。これまでは美春を認めていなかった様子のキースが自分に人生を捧げると言っている。それは彼が自分を受け入れてくれたということだ。

キースのことは苦手だった。けれどアルフレッドが信頼する側近だ。その彼に認められたことが素直にうれしかった。

しかし、そんなキースの言葉にアルフレッドが水を差す。

「俺たちに人生を捧げる必要はない。ミス・コモリにすべて捧げろ」

「それは御免被ります」

即答するキースは、既にいつもの彼に戻っていた。ポケットから綺麗にアイロンのかかったハンカチを取り出すと、口元の血を拭い頭を下げた。

「では、私はこれで。今日これから明日夜までは、殿下の予定はすべてキャンセルしております。おふたりでごゆっくりお過ごしください」

そう言い残すと、キースは頭を下げ、扉を開けて部屋を出ていった。

バタンと扉が閉じた瞬間、アルフレッドが背後から美春を抱きしめた。

「あ、アル？」

「さっき言った言葉、本気？」

ギュッと痛いほど抱きしめられた腕の中で、美春は首を縦に振った。

「ミハル……」

より一層腕の力が強まる。彼はそれ以上何も言わずに美春を抱きしめ続けた。そして間もなく「はぁ」と大きな息を吐いて腕を緩めると、美春を自分の方へ向けた。

「三年前、ミハルを傷つけて悪かった」

「あれは、キースさんが……」

「違う、たしかにアイツはきっかけを作った。だけど、あのとき俺が諦めなかったら、ミハルを傷つけることはなかったはずだ。あのときは、ミハルも他の女と一緒だと思ってしまった。俺の知っているミハルはそんなんじゃないって、分かっていたはずなのに」

後悔の滲む彼の頰に、美春は手を伸ばし優しく触れた。

「確かに悲しかったけど……でも仕方のないことだと思います。私も、アルを信じきれなかったから。お兄様を心配しながらお兄様の代わりに公務を行っていたんですよね？　そんな大変なときに、支えられなくてごめんなさい」

唇を噛み謝る美春に、アルフレッドは首を振った。そして美春の左手を取って一歩下がると、そこに跪いた。

「アル……どうしたの？」

突然のことに驚く美春を、アルフレッドの言葉がもっと驚かせた。

「ミハル、愛している。君と生涯を共にしたい。結婚しよう」

「……っ」

左手にキスを受けながら、プロポーズされた美春。しかし驚きと喜びで声が出ない。

そんな彼女の表情を誤解したアルフレッドが、焦ったように畳み掛ける。

「さっき俺と一緒に〝苦楽を乗り越える〟と言ったのは嘘なのか？」

アルフレッドは、膝をついたまま美春を見上げている。

美春は誤解があってはいけないと必死に否定する。

「違います、あの言葉に嘘はないんです。でも、結婚となると——アルはレイヤールの第二王子だし……」

「跡を継ぐのは兄上だ、問題ない。それに、ミハルは俺が他の女性と結婚してもいいと思っているのか？」

「ダメっ」

咄嗟に声を上げた美春を見て、アルフレッドは満足そうだ。

「だったら、何も問題ない。こう見えて俺、国民には人気があるからきっとミハルのこともみんなが認めてくれる。その証拠にあのキースまでお前の味方になっただろ？」

たしかにキースは一度は自分の主君を裏切ってまでも、美春を排除しようとしたが、先ほどはっきりと美春のことを認めてくれた。

「きっとみんな君のことを好きになる。それに何があってもミハルのことは俺が守るから、もう二度と傷つかないようにそばにいる。だからイエスと言ってくれ」

何度も夢見てきた。そのたびに、望んではいけないこととあきらめた。しかし、それが現実になった。

美春はじっと目をつむり、覚悟と愛をこめて口を開いた。

「はい」

はっきりとそう返事をすると、身をかがめてアルフレッドの唇にキスをした。目をあけると、驚き目を見開いた彼と目が合う。

離れようとすると、今度はアルフレッドの唇が美春のそれを覆う。

そして唇が離れた瞬間、美春の体が宙に浮く。アルフレッドに抱きかかえられたのだ。

「いったい、どこに行くんですか？」

「決まっているだろう」

彼が向かった扉の先にあるのは、ベッドだ。ゆっくりと美春をベッドに降ろすと、アルフレッドは彼女の瞳を覗き込んだ。

「ミハルの全部が俺のものだって、実感したい」

そう乞われて、美春は小さくうなずいた。そんな彼女の頬に小さなキスを落とすと、それがスタートの合図であるかのように、美春のいたるところに唇を這わせた。

繰り返されるキスの合間に、一枚一枚服が脱がされる。恥ずかしさよりもキスや柔らかく触れるアルフレッドの手の温かさに美春は支配されていた。

気がついたときにはふたりとも一糸まとわぬ姿になり、お互いの体温を素肌で感じていた。

優しい愛撫に、体の奥から愛情と熱がこみ上げてくる。アルフレッドはベッドの枕をクッションにしてもたれると、自分の膝の上に美春を乗せた。

ベッドサイドのランプだけがともされた薄明りの中、美春のまろやかな体のラインが浮き彫りになる。

じっと見つめられて、触れられていないのにもかかわらず、美春の体が熱を帯びる。そんな淫らな体を見られたくなくて、手で体を隠そうとした。しかしそれはアルフレッドに阻まれる。

「俺のものを、俺が見てるんだ。邪魔しないでくれ」

そういうと、手を伸ばして美春の胸を持ち上げるようにして、愛撫する。

「んっ……」

彼の男らしい手で、形がかわるほどにもまれ、赤い先端に刺激が加わると、美春は耐えきれずに、顎を突き出しのけぞった。

その白い首筋にアルフレッドは噛みつくようなキスをする。

行為がだんだん激しくなっていくが、美春もそれに反応して、体の中に甘い感覚が駆け巡っていた。

足を開いてまたがっている美春の下半身に、アルフレッドが手を伸ばす。最初は薄い茂みで焦らすように指遊びをしたあと、指をその奥に差し込んだ。

「あぁああんっ」

その刺激の強さに、思わず大きな声が出てしまう。我慢できずに続けざまに声を上げる。

アルフレッドの指が彼女の奥をかき回しているのだから、仕方がない。

「あっ……あぁぁああっん……はぁ」

「ここと、ここも、好きだろう？」

探るように中をかき回される。その的確な動きに、美春は降参して素直に認めた。

「そこ、好き……」

「……っ、素直なミハルは可愛いな」

そう言うとますます動きを激しくしたアルフレッドは、美春を一気に高みに押しやった。その悦楽に飲み込まれるようにして、美春は一層高い声を上げて体を震わせる。

そして脱力した彼女は、アルフレッドに体を預け彼の肩に顔をのせて、大きな息を繰り返していた。

そんな彼女の耳元でアルフレッドが熱の籠った声でささやく。

「ミハルも、俺を好きにしてみるか？」

「はぁ……はぁ。それってどういう意味ですか？」

「俺がいつもミハルにしているようにすればいい」

そう言われて、いつもアルフレッドから与えられる行為を思い出してみる。正直恥ずかしくないと言えば嘘になる。

けれども彼にも同じような気持ちになってほしい。そう思った美春は体を起こすと、まずはアルフレッドの頬を両手で包みこみ、唇を彼に寄せた。

額、まぶた、頬とたどり、唇を合わせる。そのとき初めて自分から舌を彼の口内に差し入れた。温かくザラついた舌を絡めると、ゾクリとした感覚が背中に走り思わず身震いをしてしまう。そんな美春を見て、アルフレッドは小さく笑った。

感じやすい自分の体を恨みながらも、美春は顎をつたい、首筋にも舌を這わせる。そして、手のひらで彼の熱い胸板を撫でるようにしながら、同時にキスも繰り返す。

〝いつも自分がされているようにすればいい〟

アルフレッドの教え通り、美春は彼の胸にも舌を這わせると、彼の体がわずかに揺れた。その反応を見てうれしくなった美春のキスは、だんだん下降していく。

脇腹を通り、臍の周りを刺激し、そして最も熱い場所に手が触れる。

思わずビクッと手をひっこめた美春を見て、アルフレッドが苦笑した。

「ミハル、もう十分……えっ、ちょ……」

一度手を離したそこに、美春が手を伸ばす。包み込むように両手でつかむと、赤い舌をそれに伸ばした。

「ふっ……ミハ、ル。そこまでしなくてもっ――」

アルフレッドが止めたが、美春は行為をやめない。それどころか口を大きく開き彼自身を口に含む。

口の中に男性の――アルフレッドの匂いが一気に広がる。どこよりも濃い彼の匂いが、美春を興奮させた。

美春も普通の女性だ。こういった知識がなかったわけではない。ただ実践したのは今日が初めてだ。自分のしていることが正解かどうかもわからない。けれど、アルフレッドに喜んでもらいたい一心で、懸命に唇と舌を使い熱い塊を愛する。

口の中でますます大きくなる彼自身を愛撫しながら、そっと視線をアルフレッドに向けた。すると獰猛なほどの色香をたたえた瞳が、美春の行為を見つめていた。

しばらく見つめ合ったまま、口での愛撫を繰り返しているとアルフレッドが急に目を閉じ、唇を固く結んだ。

「ミハル、もういいっ……」

急に腰を引かれて、勢いよく口から彼のモノが飛び出す。その焦った様子に心配になる。

「ダメだった？　もしかして、痛かった？」

不安そうな美春に、アルフレッドは大きく息を吐きながら答えた。

「その逆。良すぎだっ」

そう言ったかと思うと、美春をベッドの真ん中に押し倒した。急に形勢が逆転をしたことで、戸惑っている美春にアルフレッドが告げる。

「ミハルの奥に入りたい」

情欲にかられた表情で懇願されて、断れるわけなどなかった。美春はうなずくとアルフレッドは自身で数回美春の下腹部をこすり、体を震わせる美春を見て楽しんだ。そして何回目か――美春の声が我慢できずに漏れ始めた瞬間、一気に最奥を突いた。

「あぁあああ……んっ……あぁぁ」

大きな甲高い声が、室内に響く。しかしアルフレッドは動きを止めることはなかった。いつもなら最初はゆっくりと始めるのに、今回はいきなり美春の奥の奥まで攻める勢いだ。

「悪いっ……全然余裕がなくてっ」

肌と肌が激しくぶつかる音、ふたりの体液の混じり合う音、そして吐息と嬌声の中……美春は高みに上った。

「あ、ああ、あぁっ――」

「……っう」

それと同時に、美春の中に熱い飛沫がひろがった。

アルフレッドは、そのまま美春を強く抱きしめた。そして耳元で愛をささやく。

「俺の気持ちは全部君のものだ。ミハル……愛している」

さっきまでの激しさはすっかり息を潜め、優しいキスが落とされた。

美春はそれに応えるように、彼の胸に頬を寄せる。目に幸せの涙が滲んでいた。

そんな彼女の髪を撫でながら、アルフレッドもまた同じように震えるほどの幸せを感じていた。

一度ほどけた縁という赤い糸が、ふたたび固く強く結ばれた夜だった。

エピローグ

一年後――。

美春は真っ白なウエディングドレスを身に着けて、ひとり窓辺に立っていた。

やっと訪れたこの日に、喜びと緊張を感じながら……。

半年前にレイヤールに移り住んだ美春は、アルフレッドの婚約者としてすでに国民の間では周知されている。

アルフレッドが美春のことを日本語で「大和撫子」と紹介したことから、この言葉が一時レイヤールのマスメディアを席巻した。

――コンコンッ。

ノックの音が聞こえて「はい」と返事をすると、扉が開き最愛の人が現れた。

「アル、どうかしたの？」

レイヤール王国の王族が式典の際に身につける深いブルーの礼服を身に着けた彼は、眩しいくらいに輝いて見えた。

「妃殿下のご様子を伺いにきたのですが、ご機嫌はいかがですか？」

「もう……緊張しているんだから、からかわないでよ」

ゆっくりと歩み寄ってきたアルフレッドは、美春の手を取りにっこりとほほ笑んだ。

「なんか、あっと言う間だったね。こんなに早くチャペルが完成するなんて思わなかった」

「一年もかかったのに、あっと言う間だと？」

美春の言葉にアルフレッドは少々不満気味だ。

ふたりがいるのは、レイヤール王国に出来たばかりのチャペル内にある控室だ。このチャペルはアルフレッドが企画した国営リゾートホテルの一角にある。

ホテルはまだ未完成——もうしばらく時間がかかるが、このチャペルだけは先行して本日オープンする。

そしてそこで最初に式を挙げるのが、アルフレッドと美春だ。

出会いの地、オーストラリアでふたりが語り合った思いの詰まったホテル。そこで結婚式を挙げたいというふたりの意見は一致した。しかし、ホテルの完成を待つとなるとまだ二年も先になる。

それにはアルフレッドが二年も待てないと、反対した。しかし、美春はどうしても思い入れのある場所で式を挙げたいと懇願する。

普段あまりわがままを言わない美春の言葉を、かなえてやりたいと思う反面、一時も待てないという思いもあるアルフレッドは、苦肉の策としてこのチャペルだけを先に完成させたのだ。半年も工期を前倒しにして——。

そして先ほど、そのチャペルにて厳かな雰囲気の中、大切な人に囲まれて永遠の愛を誓った。

式にはキースと花奈子はもちろんのこと、由美子とサミュエルも参列しており、美春は皆からの祝福を受けて、得も言われぬほどの幸せを感じながら今、控室でアルフレッドを見つめていた。

「アル、私の願いをかなえてくれてありがとう。まだ王族の一員として、きちんと役目を全うできる自信はないけど、今日のこの気持ちを忘れずにアルの隣で頑張るね」

温かい笑顔で自分を見つめるアルフレッドと、視線を絡ませた。

「ありがとう、ミハル。でも、頑張るのはミハルじゃない、俺だ。君はただ笑顔でいてくれればそれでいい。それが何よりも俺にとって大切なことなんだ」

「アル……」

見つめ合うとお互いの気持ちがどんどん高まっていく。ゆっくりと唇が近づいてきて、美春は目を閉じた。

しかし触れるだけのキスでは止まらず、アルフレッドが若干暴走し始める。

「あ、アルっ……ちょ、んっ」

美春の抗議などお構いなしなのはいつものことだ。しかし今日はこれから宮殿までパレードが行われる。式と同様国営放送で中継される予定になっているのだから、彼の手でこれ以上乱されるわけにはいかない。

なんとかアルフレッドの腕から逃げ出そうとするが、びくともしない。

「殿下、もうそれなりのお歳なのですから、そのような盛りのついた行動はお控えください」

いつの間にやってきたのか、入り口にはキースが呆れたような表情で立っていた。

キースの言葉にアルフレッドの手が緩んだ瞬間に、美春は一歩下がり距離をとった。

「妃殿下ももう少し上手に、殿下をコントロールできるようになっていただかなければ困ります」

とばっちりのように叱られた美春は「申し訳ありません」と小さな声で謝った。

「本当に、おふたりにはまだまだ手を焼きそうですね。そろそろお時間ですから参りましょう」

キースに促されて、アルフレッドと美春は扉に向かう。美春がキースに続き廊下に出ようとしたとき、アルフレッドが手を掴んで引き留めた。

「もう一回だけ」

そう言ってチュッと触れるだけのキスをした。

「これで、緊張もマシになるだろう?」

「そうね」

「じゃあ、もう一回」

アルフレッドが再度唇を寄せてきた。それをキースの鋭い声が遮る。

「殿下、いい加減にしてください。たくさんのお客様がお待ちです」

アルフレッドはキースの言葉を受けて、美春に耳打ちした。

「とりあえず妃になって最初に覚える仕事は、キースからうまく逃げ出すことだ」

「えっ？」

返事をする間もないまま、気がつけば美春はアルフレッドにお姫様だっこされていた。

「ちょっと、アル？」

戸惑う美春を抱きかかえたまま、アルフレッドは赤いじゅうたんの上をずんずん進んで行く。廊下にいるＳＰや王室の長官たちが目を丸くしているのがわかる。

そしてチャペルの出口にそのまま向かうと、数えきれないくらいのフラッシュがたかれ、拍手の渦が巻き起こる。

そしてそのまま、用意されていたオープンカーに乗り込んだ。あまりの人の多さに驚いたが、これがアルフレッドの妻としての初仕事だ。

なんとかこわばった笑顔を見せたが、どうやらアルフレッドは不満のようだ。

「ほら、もっと笑って」

不意打ちのように美春の頬にキスすると「わぁーーー！」とひときわ大きな歓声があがった。

その中には、美春の名を呼ぶ声もある。そして皆がみな、自分たちを祝福してくれているのだ。そう思うと自然な笑顔が浮かんだ。

「そうそう、その調子。俺たちが幸せだってこと、全世界に広めよう」

「うん」

自分を受け入れてくれたアルフレッドの家族と、国民に感謝の気持ちを伝えたいと思いながら、沿道の人々に最高の笑顔で手をふる。

抜けるような青空のもと、美春は祝福のシャワーを浴びながら、最愛の人の隣にいられる喜びをもう一度噛み締めていた。

END

★番外編★　ふたつのカップルは、今日も幸せで溢れています。

「ミハル……どうして君はこうも罪深いんだ」

アルフレッドは美春を見つめながら、信じられないとでも言うように首をゆっくりと左右に振った。

「罪深いって……ここは教会よ。滅多なこと言わないで」

思わず誰か聞いている人がいやしないかと、周囲を見回す。

「だって仕方ないだろう。こんなに素敵な君を見て、今から式の間中、この後君をすぐにベッドに連れていくにはどうしたらいいか、真剣に悩まなくちゃいけなくなった――んっふがっ」

「も、もう！　本当に少しは静かにしてください！」

美春が慌ててアルフレッドの口を塞いだ。

確かに美春は今日の特別な日のためにドレスアップをしていた。それにしても夫の称賛の声は少し……いやかなり大袈裟だ。

「コレだけ仲がよければ、ロイヤルベビーもすぐだな」

前の席に座っていた、レイモンドがふたりをからかった。

「ご期待に添えるように、今からでも――」

「アルっ！」

美春に叱られたアルフレッドは、それさえもうれしいのかデレデレと妻の顔を見ていた。

アルフレッドと美春が結婚式を挙げたチャペルは、王族が利用したことからあっという間に人気となり、世界中の様々なカップルが愛を誓い合う素敵な場所になった。

その人気のチャペルを本日貸し切っているのは、キースとそして花菜子だった。

いつもは人で溢れかえるチャペルだが、本人たちたっての希望で本当に親しい人物だけが今この場にいた。

「花菜子……綺麗」

いつも元気にキースを追いかけまわしている花菜子だったが、今日の彼女は凛とした美しさを身にまとい、キラキラと輝いていた。

ステンドグラスから差し込む光で明るく照らされた祭壇に、キースと花菜子が手をとり歩く。まるで天使が舞い降りてきそうな光景を見ると、美春の胸にこみ上げてくるものがあった。

就職してから、花菜子はずっとそばにいてくれた。いつも天真爛漫な彼女に助けられた。そしてその持前のガッツで、まさかあのキースと結婚までこぎつけるとは……。

あの冷徹極まりないキースと恋愛……美春は想像しただけでもめまいがしそうだが、花菜子はレイヤール王国に彼と共に来てからも本当に幸せそうだった。

「花菜子うれしそうだね」

キースがどんな人物であれ、親友が幸せそうにしているのが嬉しくて美春はアルフレッドに囁いた。

「あぁ、それに比べアイツはいつもとちっとも変わらないな」

祭壇で神父に向かうふたりの顔は対照的だ。

ニコニコと終始笑顔の花菜子に対し、キースはいつもと変わらない感情の読み取れない表情をしていた。

神様の前で愛を誓い合ったふたりは、神父の「誓いのキスを」との声を合図に、祭壇で向かい合った。そこからキスが交わされるはずなのだが、なにか様子がおかしい。

ベールを上げた花菜子は目をつむり、全力で【キス待ち】をしているのだが、キースはその表情を冷たく見下ろすだけ。

さすがに周囲もおかしいと思い少しざわつき出した。

我慢できなくなったのか、花菜子が薄く目をあけてチラチラとキースの顔を見ている。

しかしキースはじっと花菜子を見下ろしたままだ。

「どうしたんだろうな」

いつも楽観的なアルフレッドもさすがに心配になったようだ。

（何かあったのかな……）

ふたりはよくケンカ（といっても、キースが花菜子に呆れていることがほとんどなのだが）をしていたけれど、まさか結婚式当日にそんなことはないだろう。

「おふたりとも、誓いのキスを」

しびれを切らした神父がもう一度、ふたりにキスを促した。

それでもキースは、ただ花菜子を見つめるだけだった。とうとうしびれを切らした花菜子が、唇を尖らせキースを睨みつけた。さっき愛を誓い合ったばかりのふたりなのに、すでに一触即発状態だ。

（どうなってるの⁉）

不穏な雰囲気に、美春も焦る。じっと周囲もふたりを見守っていた。

そのとき花菜子が動く。一歩キースの方に足を踏み出し、手を伸ばし彼のネクタイを掴んだ。次の瞬間足を踏ん張り、思い切り力を入れてネクタイを引っ張って彼の顔を引き寄せる。

「な、何やってるんだ！」

隣のアルフレッドも驚いている。

しかし当のキースはと言えば。

「うそ……キースさんが笑っている」

ネクタイを引っ張られ、花菜子に詰め寄られているというのに、キースは美春がいまだかつて見たことのないほどの笑顔を浮かべていた。

そして花菜子は、笑顔のキースの唇を奪ったのだった。

「な、なんなの……」

会場にいる主役ふたり以外は、みなあっけに取られている。

最初に我に返ったのは、神父だ。

「皆さま、ふたりに盛大な拍手を」

その声で我に返った参列者一同は、はじかれたように拍手をしてふたりの型破りな愛の誓いの儀式を祝ったのだ。


「新郎、新婦こちらへ」

式を終えたキースと花菜子は写真館に移動した。すでに大切な人への挨拶も済ませていることから、披露宴などはせず写真撮影だけを行うことにしたようだ。

花菜子たっての希望で、美春とアルフレッドも一緒に付き添った。

カメラマンがポーズをとるふたりに向かって、何枚かシャッターを切った。しかし途中でファインダーを覗くのをやめて、困った顔でふたりを見る。

「あの、新郎様もう少しにこやかにできませんか？」

「これが私のいつもの顔なんです。どうして無理矢理にこやかにする必要があるんですか？」

真剣に言い返したキースに、カメラマンも呆れ顔だ。

いつまでたっても写真撮影が終わらないので、痺れを切らしたアルフレッドが癇癪を起こした。

「いい加減にしろ、俺は早く帰ってミハルとふたりっきりになりたんだ」

長い足を持て余すようにソファに座っていたアルフレッドは、隣にいる美春を抱き寄せた。

「ほら、俺たちが手本を見せてやるから。カメラさん、こっち」

アルフレッドの言うまま、カメラが美春たちに向けられた。その瞬間アルフレッドが美春の頬にキスをした。

「アルっ！　ふざけないでよ」

慌てて距離を取ろうとする美春を見て、アルフレッドは面白がる。

「いいだろ別に、俺たちふたりが幸せな写真の撮られ方を教えてやろう」

ソファから立ち上がったアルフレッドは、その場で美春を抱きかかえた。

「ちょっと、危ないよ。ダメ……」

「大丈夫、美春ひとりくらい平気だ」

アルフレッドは抱き上げた美春の額に、自分の額をコツンと当てた。お互い至近距離で見つめ合う。

「それがね……わたしひとりじゃないの」

美春の言った言葉の意味がわからず、アルフレッドが首をかしげた。そのあと何かに気がつき、顔色を変えた。

「え、何言って、他に誰が……あ、え、本当に?」

半信半疑、でも美春の表情を見て確信したのか、アルフレッドが顔をほころばせた。

「うん。昨日病院にいってきたの」

「そうか……やった!」

美春を抱えたまま、アルフレッドはクルリと一回転した。

「あ、もう危ない」

「ごめん。でもうれしくて。守るものが増えるって幸せなことだな。あ、キース、悪いがお前の機嫌が直るのを待ってられない。俺たち帰るから。いろいろ準備しないとな」

「アル? 準備って、まだ早いと思うけど……」

「いいから、いいから」

美春を抱えたまま、うれしそうに笑うアルフレッドが扉から出ていく。その姿を見た花菜子が羨ましそうに呟いた。

「いいな。お姫様抱っこ」

ただ思ったことがポロリと口から漏れただけだった。けれどどうしたことか、めずらしいことにキースがそれに反応した。

「あんなものが羨ましいんですか?」

「え……きゃぁ」

気がつけば花菜子はキースに抱きかかえられていた。

「これで満足ですか?」

「はい。でも……」

「まだ何かあるんですか？　この際だから言ってみなさい」

呆れた様子のキースだったが、どうやら花菜子のリクエストに応えてくれるようだ。

「キスしてください」

彼女の要求に、キースは嘆息を漏らす。

「あなたを甘やかすのは、今日だけですよ」

キースは、花菜子に熱いキスを落とした。花菜子もうっとりとそれを受け入れる。

そんなふたりを前にカメラマンは軽く肩をすくめた後、幸せの瞬間をカメラに収めたのだった。

翌朝——。

ギシリとベッドの軋む音で目が覚めた花菜子は、とっさに手を伸ばしだまってベッドを降りようとしていたキースにしがみついた。

「離しなさい」

背中にしがみつく花菜子をチラリと見て、いつものごとく冷たく言い放つ。

「いやです」

「甘やかすのは昨日だけだといいましたが、もう忘れてしまいましたか？」

「少しくらい、昨日が延長されたっていいじゃないですか？」

花菜子の言葉に呆れた様子のキースだったが、本気の拒否はしていない。花菜子はここぞとばかりにキースの背中に頬を擦りつけて甘えた。

「美春に赤ちゃんだなんて……よかったね」

「ええ。殿下だけでなく国民待望のベビーですから」

顔は見えないけれど、キースの言葉にも喜びが感じられた。

「私、いいこと思いついちゃったんですけど」

花菜子の言葉に、キースは即座にため息をついた。

「あなたの思いつく〝いいこと〟は、私にとっては大抵〝ろくでもないこと〟なんですがね」

そんな嫌みを言われたところで、もちろん花菜子にとってはどこふく風だ。

「わたしたちも赤ちゃんを作って、同級生にするっていうのはどうですか？　それでもって婚約させちゃったりして～！　娘だったら、わたしのウエディングドレス着てもらおうかなぁ」

キースは振り向いて、ウキウキと話をする花菜子を呆れたように見つめた。

「あなたにまだこんなに手がかかるというのに、その上赤ん坊までですか……私としては、もうすこしふたりっきりで過ごす予定だったんですがね……」

「え？　え？　それってわたしとふたりっきりで、ラブラブいちゃいちゃしたいってことで間違いないですか？」

驚いた花菜子は、キースに抱きついていた手を緩めた。するとその隙を見逃さず、キースはさっとベッドから離れた。

「拡大解釈がすぎます。いいかげん何でも自分の都合のいいように物事をねじ曲げる癖をどうにかしなさい。もう人妻なんですから」

「人妻」

花菜子はその言葉にニヤついてしまう。そんな彼女を放っておいてキースはすでにシャワーを浴びるために、バスルームに向かっていた。

「グズグズしていると、わたしひとりで入りますよ」

ふりむきもしないキースからの誘いに、花菜子はベッドから飛び起きた――瞬間、お尻から床に落ちてしまう。

「いたーーい！」

結構な衝撃に、涙目になる花菜子をキースは呆れた顔で見る。

「本当に仕方のない人ですね。ほら」

結局バスルームから戻ってきたキースが、花菜子を抱き上げた。

「ありがとうございます」

抱き上げられた花菜子が、ぎゅっとキースに抱きつく。

やれやれといった表情のキースだったが、その口元が緩んでいたのは……きっと本人さえも気がついていないだろう。

こうしてもうひとつのカップルの、穏やかで幸せな時間も――末永く続いていくのだった。

あとがき

はじめましての方も、お久しぶりの方も、このたびは『元教え子のホテルＣＥＯにスイートルームで溺愛されています』をお読みいただきありがとうございます。

このお話の前半で、オーストラリアで過ごすエピソードがあるんですが、わたしも一度ワーキングホリデーを経験したかったたな……という思いを込めて書きました。

かくゆうわたしは、高校一年生の夏休みはまるまるオーストラリアのゴールドコーストでホームステイをして過ごしました。

マシューとサミュエルという双子の小学生の男の子がいて、一緒に習字をしたりうどんを作ったり……まさかあの高校生のときの経験が、執筆に生かされるとは思ってもみませんでした！

人生何事も経験ですね。きっと彼らもこんな形で小説に登場しているとは思ってもいないことでしょう（笑）

次は、アメリカのデンバーに短期留学したときの話でも……いつか小説にできるといいな！

このお話のカップル、アルフレッドと美春のほかに、キースと花菜子のカップルの恋の行方も気になるというかたには、各電子書籍のサイトで「恋の奴隷にしてください　お仕置きのあとには甘いキス」というふたりがメインのお話も書いています。ぜひぜひ型破りなキースと花菜子のカップルの恋愛も楽しんでいただければうれしいです。

ここからはお礼です。

素敵なイラストを描いていただいた　とうや様。アルフレッドのチャラい感じがものすごく好きで、ラフをいただいたときから誰よりも仕上がりを楽しみにしておりました。

毎度毎度お世話になっております担当編集のＳ様。いつもわたしのヘンテコな文章を読みやすくしてくださり、ありがとうございます。褒めて伸ばすスタイルで、今後ともよろしくお願いいたします。

そして何よりも読者の皆様。この本を手に取ってくださったこと心より感謝いたします。みなさまあっての高田です。印象に残るシーン、胸キュンの台詞はありましたでしょうか。少しでもお楽しみいただければ感無量でございます。

またいつかお会いできる日を楽しみにしております。

感謝を込めて。

高田ちさき

本書は、電子書籍レーベル「らぶドロップス」より発売された電子書籍を元に、加筆・修正したものです。

元教え子のホテルCEOに スイートルームで溺愛されています。

２０１８年３月２９日　初版第一刷発行

著…… 高田ちさき
画…… とうや
編集…… 株式会社パブリッシングリンク
ブックデザイン…… しおざわりな
（ムシカゴグラフィクス）
本文ＤＴＰ…… ＩＤＲ

発行人…… 後藤明信
発行…… 株式会社竹書房
〒102-0072　東京都千代田区飯田橋２－７－３
電話　03-3264-1576（代表）
03-3234-6208（編集）
http://www.takeshobo.co.jp
印刷・製本…… 中央精版印刷株式会社

ISBN978-4-8019-1405-6　C0193
Printed in JAPAN